포토타임

포토타임

이중섭 장편소설

문이당

작가의 말

오에 겐자부로의 작품에는 '나의 나무' 이야기가 자주 등장한다. 사람마다 자신의 나무가 있는데 그 나무뿌리에서 혼이 내려오고 죽으면 다시 나무에게 돌아간다. 그리고 어린 자신이 이 나무 아래에 오래 서 있으면 나이 먹은 자신을 만날 수 있다고 한다.

나도 내 나무라 이름할 수 있는 나무를 생각해 보았다. 고향이 시골이라 나무들이 흔했지만 특별히 내 나무랄 것은 없었다. 주위 나무를 눈여겨보았지만 아직 만나지 못했다. 내 나이 쉰이 가까운 어느 날, 나는 나의 나무와 마주쳤다.

젊은 치기에서 벗어나 생활고와 삶에 지쳐있을 때였다. 추석날, 고향 집에 내려와 여느 때처럼 밤늦게까지 선후배와 어울려 술을 마셨다. 집으로 돌아와 마당가에 섰다. 하늘에는 보름달이

환하게 빛나고 있었다. 담배를 한 개비 물고 훅 담배 연기를 내
뿜었다. 하얀 연기가 날아간 그곳에 감나무가 서 있었다. 고향
집 단감은 다른 단감에 비해 약간 작지만 과육이 탄탄하고 당도
가 엄청 강했다. 당연히 익기도 전에 밤마다 아이들의 손을 탔
다. 이제 감나무는 가지가 잘려 줄기만 뭉툭하게 남아 있었다.
그 감나무 아래에 어린 내가 서 있었다. 봄이 오면 백합의 여린
싹이 올라오던 자리였다.

　미안해.

　그렇게 됐다.

　나도 힘들다.

　변명을 늘어놓았다. 감나무는 아무런 말이 없었다. 감나무 그
늘에는 또 다른 소년이 내 얘기를 듣고 있었다.

　나는 어릴 때부터 만물에 정령이 존재한다고 믿었다. 세상이
내 중심으로 돌아간다는 치기 어린 자만심과 자부심이 서로 얽혀
있던 시절이었다. 어떤 영험한 힘을 가진 절대자에게 소원을 빌
곤 했다.

우리 감나무에 새가 둥지를 틀게 해 주세요.

마을 어느 집에도 새가 둥지를 튼 감나무는 없었다. 새가 둥지를 튼다는 것은 어린 마음에 그 절대 힘을 가진 자가 나에게 보내는 메시지라 믿고 싶었다. 그 확실한 징표를 난 직접 두 눈으로 보고 싶었다. 신은 아무런 대답이 없었다. 어김없이 시간은 흘렀고 나는 시골을 떠나 도시에 살면서 차츰 고향 집 감나무를 잊어버리고 있었다.

오에 겐자부로는 자기 나무 아래에서 나이 먹은 자신을 만나면 꼭 물어보고 싶었다고 한다.

"어떻게 살아왔습니까?"

그 나이 먹은 자신은 어린 작가에게 무어라 대답을 했을까. 오에 겐자부로와 상관없이 나는 나의 어린 꼬맹이에게 푸념만 털어놓고 말았다.

그다음 날, 어머니와 함께 유자나무와 감나무의 가지치기를 했다. 생산성이 없는 몇 그루의 감나무는 밑동에 톱질을 했다. 일을 마치고 집으로 돌아오다가 담 옆에 서 있는 감나무에 다시 눈이 갔다.

"이 단감나무는 접을 붙여 살리는 것이 어때요?"

뒤따라오던 어머니에게 물었다.

"아따, 뭐 덜려고? 쌔고 쌘 것이 단감나무다. 있는 것도 처치 곤란한데."

내 의도는 시골살이에 지쳐있는 어머니에게 철없는 소리로 들렸다. 어머니는 나이가 들어 단감을 수확하고 처리하느라 해마다 곤욕을 치렀다.

추석을 지내고 서울로 돌아오면서 문득 고향 집 감나무와 긴 이야기를 해야겠다는 생각이 들었다. 소설 『포토타임』은 감나무와 나눈 첫 번째 이야기다.

결국 친구, 너의 이야기가 되었다. 잘 있지?

나무 아래 만난 소년은 내 모습이지만 결국 너의 모습이었다. 내 기억의 모든 부분에 너에 대한 아픔이 도끼 자국처럼 자리 잡고 있었다. 앞으로도 감나무 아래에는 어김없이 백합꽃이 피고 감꽃이 바람에 떨어질 것이다. 여름이면 매미가 울어대고 고추잠

자리가 떼 지어 날아다닌 뒤에 겨울이 오는 것도 변함이 없을 것이다.

『포토타임』은 나무 아래에서 어른인 나를 기다리는 꼬맹이인 나 자신과 너 그리고 함께 송냇가 둑길을 걸었던 깨복쟁이 친구들에게 들려주고 싶은 이야기다.

2020년 가을
이 중 섭

차례

수문군

아침에 눈을 뜨니 여섯 시였다. 덕수궁 수문군에 첫 출근하는 날이다. 어제는 쉬는 날인데도 온종일 가게에 있었다. 피곤했다. 몸을 뒤척이는데 거실에서 딸과 아내가 다투는 소리가 들렸다. 딸이 어젯밤부터 소리를 지르기 시작하더니 아침까지 계속되었다.

"꼬집을 거야, 꼬집을 거야!"

딸이 아들 방으로 달려가는 것을 아내가 막았다.

"왜 그래? 왜 그래?"

자폐증인 딸은 발작을 할 때마다 거의 한 치도 어긋남 없이 같은 말을 반복했다. 정말 왜 그런지 묻고 싶었다.

벌떡 일어나 주섬주섬 옷을 걸쳤다. 재빨리 가방을 챙겨 거실로 나갔다. 딸이 기다렸다는 듯이 씩씩거리며 달려들었다. 딸의 두 팔을 잡고 아들의 방에서 조금씩 밀어냈다. 딸은 힘이 달리자 거실에 드러누워 발로 바닥을 내리쳤다. 악을 쓰며 몸부림치는 딸의 몸을 붙잡고 두 팔로 눌렀다. 그사이에 아내가 재빨리 아들의 방문을 두들겼다.

"윤아, 윤아! 빨리 나와! 누나가 또 그런다."

아들이 방문을 열고 거실로 뛰어나왔다. 얼굴이 시뻘건 채 퉁퉁 부어 있었다. 사태를 파악하고 미리 옷을 입고 나갈 기회를 엿보고 있던 터였다.

"에이, 씨발!"

현관문을 꽝 닫았다. 나는 딸의 머리를 아내는 딸의 다리를 잡고 방으로 끌고 갔다. 딸이 발버둥을 쳤다. 겨우 침대에 눕히고 몸부림치지 못하게 눌렀다. 딸은 계속해서 이리저리 고개를 돌렸다. 내 팔을 물려고 몸을 비틀며 비명을 질렀다. 귀가 먹먹했다. 보다 못한 아내가 수건으로 입을 틀어막았다. 어디에서 이런 멧돼지 같은 힘이 솟구치는지 경악스러웠다. 아내가 저녁에 복용할 진정제를 가져와 억지로 먹였다. 이제 삼십 분이 지나면 딸의 몸이 누그러질 것이다. 그 시간까지 버티는 것이 문제였다.

이십 분 정도 지나자 딸의 몸이 조금 늘어졌다. 약 기운이 퍼졌다. 아내가 이제 그만 놓아주자며 눈물을 글썽였다. 매번 똑같은 순서다. 조금 불안하지만 힘이 달려 더 누를 힘도 없었다. 누르고 있던 힘이 느슨해지자 딸이 재빨리 내 손을 뿌리치며 뺨을 쳤다.

따끔했다. 하지만 그것을 느끼고 있을 겨를이 없었다. 다시 딸의 팔을 잡고 몸을 눌렀다. 아내가 그만하고 나가라며 소리를 질렀다. 여전히 불안했다. 망설이다가 다시 다그치는 아내의 눈과 마주쳤다. 잡았던 두 팔을 놓고 재빨리 문을 닫았다. 거실을 가로질러 현관 밖으로 뛰쳐나왔다. 현관에 등을 기댄 채 가쁜 숨을 몰아쉬었다. 딸이 악을 쓰며 쫓아오더니 현관문을 거세게 밀었다.

아악!

마지막 괴성을 질렀다. 현관문에 소리의 파장이 한 꺼풀 꺾였는지 그다지 크게 들리지 않았다.

늘 딸이 난리를 칠 때마다 밖에서 들리는 소리는 어느 정도일까 궁금했다. 이 정도면 다행이다. 미리 복도에 갖다 놓은 가방을 들고 가게로 나왔다. 머리가 멍했다. 한참을 계산대에 엎드려 있었다.

퍼뜩, 윤이 생각이 났다. 여덟 시였다. 전화하니 독서실이었다. 되려 누나는 어떠냐고 물었다. 괜찮다고 했다. 잠시 서로 아무 말이 없었다. 물티슈로 얼굴을 대충 훔치고 수문군 사무실로 출근을 서둘렀다. 그제야 삼십 분 먼저 출근하라는 제 팀장의 말이 떠올랐다. 늦었다.

오방

마 부장은 수문군 상담실에 혼자 앉아 있었다. 앉은키가 보통 사람이 서 있는 것처럼 컸다. 얼굴 윤곽도 뚜렷하고 몸은 호리호리했다. 나보다 다섯 살쯤 많아 보였다. 그는 내 이력서를 훑어보더니 대뜸 물었다.

"대표이사님하고는 어떤 사이인가요?"

멀뚱히 쳐다보았다.

"그럼, 여기 어떻게 알고 왔어요?"

고전무용을 하는 교수 소개로 왔다고 말했다. 마 부장은 고개를 갸우뚱거렸다.

"아닌데? 그런데 괜찮겠어요?"

나이가 너무 많다는 건지 딸이 할퀸 상처에 관해 묻는 건지 헷갈렸다.

아직 오십밖에 되지 않았다며 어색하게 웃었다. 이제 낮에라도 딸과 떨어져 있는데 괜찮지 않을 일이 뭐가 있겠는가. 마 부장은 입술을 오므리며 고개를 끄덕였다. 물론 전혀 찔리지 않는 것은 아니었다. 시력은 옛날 같지 않고 술을 마시면 필름이 자주 끊겼다. 그러나 평상시에 자신이 느끼는 오십은 아직 혈기 왕성한 나이다. 사실이 그렇기도 했다. 하지만 얼굴의 상처라면 다른 문제였다.

마 부장은 수문군 대기실로 가서 제 팀장을 만나보라며 이력서를 내려놓았다.

"대표이사 지인이 온다고 하던데 도대체 누구지?"

상담실 문을 나오는데 마 부장이 혼잣말처럼 중얼거렸다.

수문군 대기실은 시청 건물들 틈에 임시 건물처럼 낮게 처박혀 있었다. 좁은 문을 열고 들어가니 확 구릿한 냄새가 밀려왔다. 대기실은 좁고 사람들의 목소리로 시끄러웠다. 가운데에 테이블이 길게 놓여 있고 벽 쪽은 목욕탕처럼 옷장이 죽 붙어 있었다. 옷장마다 파랑과 노랑과 그리고 보라 등 다양한 색들의 행사복이 걸려있었다. 여기저기 수염과 환도 그리고 벙거지 같은 소품들도 보였다. 사극 드라마를 촬영하는 분장실에 왔나 착각할 정도였다.

"제형석입니다. 나이가 많으시군요."

제 팀장은 의자를 가리키며 앉으라고 했다. 전화번호와 주소 그리고 신장과 생년월일을 물었다. 앞으로 생활하면서 지켜야 할 주의사항을 빠르게 얘기했다. 그러고는 오늘 행사에 바로 투입되니 교육이 있을 거라고 말했다.

"오늘 바로요?"

덜컥 겁이 났다. 제 팀장을 빤히 쳐다보았다. 그는 슬그머니 웃으며 애매모호한 표정을 지었다.

교육을 담당하는 장 팀장이 옆 빈터로 나를 데려갔다. 날씨도 추웠지만 첫날부터 행사에 참여한다는 얘기가 귓속에서 왱왱거렸다.

배역은 오방이었다. 오방은 행사장에서 오방기를 들고 정해진 선을 따라 움직이는 역할이다. 교육은 교대의식 시간에 서야 할 위치와 움직이는 선 그리고 깃발을 들고 내리는 동작 연습이었다.

장 팀장이 오방기를 든 채 수문군의 기본동작에 대해 간략하게 설명했다.

"먼저 정위正位입니다. 정위는 정해진 위치에 서서 바른 자세를 취하라는 말입니다. 정위는 다음 네 가지 동작으로 되어 있습니다."

하나에 오방기를 몸의 중앙에 세운 채 다리를 오므린다. 둘에 오른손으로 깃대의 윗부분을 잡고, 왼손은 깃대의 맨 아랫부분을 잡는다. 셋에 깃발을 몸쪽으로 당기고 오른손을 아래로 내린다.

넷에 몸을 왼쪽으로 구십 도로 돌린다.

입취위入就位는 기물을 세우고 정렬을 한다는 의미다. 동작 순서는 정위와 반대다. 언뜻 정위는 군대의 '앞에 총' 자세와 비슷하고 입취위는 '세워 총'과 비슷하다는 생각이 스쳐 갔다. 장 팀장이 두세 번 더 시범을 보였다.

"자, 그럼 한 번 연습해 보겠습니다. 정위!"

자세가 엉망이었다. 깃발이 내 키보다 두 배나 크고 생각보다 무거웠다. 엉성한 자세에 장 팀장이 어이없는 표정을 지었다. 몇 번 더 시켜보고 안 되겠다 싶은지 목소리가 높아졌다.

"자세 똑바로 해요. 오른팔은 구십 도로 꺾고, 깃대를 턱에 바짝 붙이고, 왼손은 배꼽 아랫부분에 착 붙여요. 자, 자세가 나올 때까지 계속 연습합니다. 정위!"

몇 번을 더 연습했다. 별로 어렵지 않은 데도 여전히 자세가 엉성했다. 장 팀장의 인상이 점점 구겨졌다. 기분이 별로였다.

출근 시간이 가까워지자 수문군들이 한 명 두 명 대기실로 모여들었다. 교육을 받는 것을 보고 빙긋이 웃으며 지나갔다. 열 번 가까이 연습했는데도 여전히 자세가 부자연스러웠다. 자꾸 왜 이러지? 하면서 장 팀장의 눈치를 보게 되었다. 그는 뭐, 이런 몸치가 있나? 하는 눈빛이었다. 나이 때문인가. 아니면 한 이십 년 동안 가게에 처박혀 있어서 몸이 굳어버렸나. 장 팀장의 말끝이 점점 더 짧아졌다.

"자, 집중하고 다시 한번 할 테니 정신 똑바로 차리고. 정위, 하나!"

키도 작고 나보다 일고여덟 살은 어려 보였다. 이 무슨 개망신이야. 괜찮겠느냐는 마 부장의 물음이 계속 떠올랐다.

이제 장 팀장은 대충 자세가 나온다 싶은지 조회에 참석하자며 돌아섰다. 이런 짧은 교육만으로 관람객 앞에 서도 괜찮을까 걱정이었다. 그것보다 연습 내내 궁금했던 것이 생각났다.

"저기, 질문 있습니다."

무슨 일이냐는 듯 장 팀장이 돌아보았다.

"그런데 오방이 뭡니까?"

대학에 들어간 후부터 지금까지 오적이란 말은 수없이 들었지만 오방이란 말은 처음이었다. 오방이란 말을 처음 들었을 때 막연히 그냥 조선 시대의 방위일 거라 짐작했다. 허름한 옷을 입고, 수염을 덥수룩하게 기르고, 칼을 꼬나 잡은 조선 시대의 포졸이 머릿속을 스쳐 갔다. 그는 어이없다는 듯 웃었다.

"조선 시대 궁궐 수문군에서 가장 쫄따구라고 생각하면 돼요. 뭐 별거도 아니니 신경 쓰지 말고."

자꾸 웃음이 새어 나왔다. 장 팀장이 나를 고깝다는 듯이 쳐다보았다. 알고 보니 조선 시대 최말단 수문군의 문지기로 들어온 꼴이었다. 그것도 낙하산으로……

조회하는 내내 마 부장의 목소리는 격앙되어 있었다. 좁은 대기실이 쩌렁쩌렁 울렸다.

"도대체 하루 이틀도 아니고 날마다 지각하는 사람들이 왜 이렇게 많아? 새해가 시작된 지 며칠이나 지났다고 벌써 이렇게 정신이 해이해졌어? 아침부터 화를 안 내려고 해도 하루 이틀도 아니고 날마다 이게 뭐야? 너희들이 괜히 순한 사람을 화내게 만들잖아?"

수문군들이 모두 고개를 숙인 채 서 있었다. 좁은 대기실이 더 좁게 보였다.

"그리고 김규정, 너! 어제 왜 행사를 고따위로 해? 하루 이틀도 아니고 매일 하는 행사도 틀려?"

뒤쪽에서 누군가 웅얼웅얼하는 소리가 들렸다. 연달아 몇 명이 킥킥댔다.

"지금 웃음이 나와? 김규정! 왜 아무 말도 없어?"

"네, 방금 죄송하다고 말했습니다."

뒤쪽에서 다시 킥킥거렸다.

"막 들어온 신입도 아니고 자꾸 화나게 할 거야?"

"열심히 하겠습니다."

"날마다 말만 그러면 뭐 해. 오늘 또 한 번 볼 거야. 그리고 나이 든 형아들! 목소리 더 크게 하고 발도 높이 차세요. 한 번 볼 겁니다."

마 부장이 경고 같은 주의를 줬다. '나이 든'이란 말에 괜히 마음에 찔렸다. 마지막으로 장 팀장이 안전에 특히 조심하라며 조회를 마쳤다. 신입 소개를 기다렸지만 아무런 말이 없었다.

"자, 지금부터 세팅하러 갑니다."

장 팀장이 외치자 모두 우르르 밖으로 몰려나갔다. 어리둥절한 채 그들을 따라갔다. 마 부장은 저만치 앞서 성큼성큼 걸어갔다.

"규정이 형, 좀 잘해. 아침부터 형 때문에 부장님이 화났잖아."

뒤에 걸어오는 수문군들이 킥킥거리며 장난을 쳤다. 방금 대기실 안쪽에서 시끄럽게 굴던 수문군들이었다.

"야, 행사하다 보면 틀릴 수도 있지. 그걸 가지고 아침부터 왜 그래. 나도 잘하려고 한단 말이야."

그가 흐흐, 하고 웃었다. 어떤 놈인가 하고 돌아보았다. 눈이 마주쳤다. 파마머리를 한 안경 쓴 사내가 이를 드러낸 채 웃고 있었다. 치열교정 장치가 눈에 띄었다.

"규정이 형은 어떻게 해도 틀려. 그러니까 그냥 지금까지 하던 대로 해."

그들 중 한 사람이 실실 웃으며 말했다. 앞서가는 마 부장은 안중에도 없었다. 다른 수문군들은 고개를 숙이고 묵묵히 대한문 쪽으로 걸었다.

세팅은 덕수궁 앞 행사장에 교대의식을 할 때 사용하는 기물들을 제 자리에 설치하는 것이다. 오방은 포졸 캐릭터가 그려진 접근 금지 형상물을 각 위치에 세웠다. 다른 수문군들은 한복 체

험 장소에 지붕틀을 세우고 천막을 쳤다. 주장들은 엄고를 설치
했다. 사극 드라마를 볼 때마다 저렇게 큰 북을 어떻게 옮기는지
궁금했는데 실제로 보니 의외로 간단했다. 바닥에 바퀴가 네 개
달려 있었다. 슬슬 밀어서 정해진 자리에 세우고 고정을 했다. 중
간중간 관람객들이 행사장 안으로 들어오지 못하게 차단봉을 세
우고 줄을 걸었다. 세팅하는 모습이 마치 아침마다 자기 공간을
만드는 거미를 연상시켰다.

세팅을 마치고 수문군 대기실로 돌아왔다. 아내에게 전화한다
는 것을 깜박 잊었다. 딸이 어떤 상태인지 불안했다. 자주 겪는
일인데도 늘 마찬가지다. 대기실 밖으로 나와 배롱나무 아래 벤
치에 앉았다. 몇 번 신호가 간 뒤에 아내가 전화를 받았다.

"하영이 괜찮아?"

아내는 가게에 나와 있었다. 휴, 하고 안도의 한숨이 흘러나왔
다. 딸이 계속 난리를 쳤더라면 아직 집에 있었을 터였다.

"당신이 출근하고 나자마자 바로 얌전해져서 셔틀버스 타고
주간보호센터에 갔어요."

눅눅하던 마음이 조금 풀렸다. 이런 일이 한두 번이 아니었다.
울컥 뱃속 깊은 곳에서 쓴물이 올라왔다. 이럴 때마다 겨우 유지
하던 평정심이 한순간에 무너졌다. 언제까지 이래야 하나. 벤치
에서 일어났다. 배롱나무는 가죽을 벗긴 짐승의 몸통처럼 하얗게
겨울을 버티고 서 있었다. 고개를 젖히니 배롱나무의 가는 줄기

사이로 새파란 겨울 하늘이 모습을 드러내고 있었다.

대기실 앞에서 장 팀장과 마주쳤다.

"목화 잘 닦아요. 이따 검사할 테니."

잠깐 나아졌던 기분이 쑥 들어가 버렸다. 목화木靴는 버선처럼 생긴 검은 가죽 신발이다. 목화에 왁스를 뿌리고 솔질을 했다. 솔질을 하면 바로 윤이 났지만 그 순간뿐이었다. 왁스가 스며들면 다시 빛이 바랜 것처럼 변했다. 다시 닦아도 마찬가지였다. 어떻게 하지? 한 번 더 닦아야 하나? 망설이는데 갑자기 수문군들이 있는 대기실 안쪽에서 부산하게 움직이는 소리가 들렸다. 교대의식 시간이 다 되었는지 행사복을 입기 시작했다. 스마트폰을 사물함에 넣고 옷을 입으며 주위 사람들의 눈치를 살폈다. 처음 입어 보는 행사복은 묶고 매듭짓는 것이 많아 갈피를 잡을 수 없었다. 이렇게 매고 저렇게 매도 뭔가 느슨하고 맵시가 나지 않았다.

"저, 제가 좀 봐줄게요."

도수가 높은 안경을 쓴 키 작은 사내였다. 두 칸 떨어진 사물함에 임문환이라 쓰여 있었다.

"이 끈은 먼저 이 안쪽에 있는 것에다 매시고, 이것은 바깥쪽 끈에다 매셔야 합니다."

안쓰러웠던 모양이다. 어리벙벙한 채 보고만 있었다. 그는 순식간에 옷매무새를 바로잡아 주었다.

"고맙습니다."

막상 도움을 받았지만 다음에도 제대로 입지 못할 것 같았다.

행사복을 다 입고 휘항揮項을 썼다. 휘항은 머리에서 어깨까지 덮는 방한용 덮개다. 꼭지 부분이 뚫려 있다. 위에서 눌러 쓰고 턱 밑에서 고정한다.

휘항을 쓰니 얼굴 앞부분을 빼고는 바람 한 점 들어오지 않았다. 따뜻했다. 몸이 나른해지니 나도 모르게 행동이 굼떴다. 다른 수문군들을 보니 늑대 가죽을 뒤집어쓴 것처럼 보였다. 내 모습도 그렇게 보이리라 생각하니 웃음이 나왔다.

마지막에 벙거지를 머리에 눌러 썼다. 슬쩍 거울을 보았다. 비틀어졌다. 무게 때문인지 이마 부분도 결리고 모양새도 나지 않았다. 거울 속에는 역사책에서나 보았던 말갈족 전사가 낯선 모습으로 나를 쳐다보고 있었다. 대기실을 막 나가려는데 장 팀장이 불렀다. 가만히 나를 쏘아보았다. 슬며시 그의 눈길을 피했다.

"안경."

"안경을요?"

반사적으로 튀어나왔다. 퍼뜩 안경 없이는 헤맬 텐데 하는 생각이 들었다. 안경을 벗으니 모든 것이 흐릿해졌다. 그나마 남아 있던 자신감마저 쏙 오므라들었다. 안경을 사물함에 두고 나가려니 불안했다. 장 팀장이 어디쯤 있는지 살펴보았다. 대기실 안쪽에서 다른 수문군에게 핏대를 세우고 있었다. 안경을 얼른 바지 아래 춤의 호주머니에 쑤셔 넣었다. 급한 일이 생기면 쓰고 상황을 판단할 요량이었다.

넓은 깃발이 달린 오방기를 들고 출발 장소로 헐레벌떡 뛰어갔다. 행사복이 치마처럼 다리에 걸리적거렸다. 몸에 달린 장식들도 자꾸 덜렁거렸다. 머리부터 발끝까지 긴 껍데기를 쓴 기분이었다. 모든 것이 몸에서 떨어져 나갈 것만 같았다. 조금 걷다 보니 기물을 들고 뛰어가는 대원들이 하나둘 보이기 시작했다. 왠지 그들의 복장은 몸에 착 달라붙고 맵시 있어 보였다. 마 부장이 했던 말이 자꾸 머릿속에 맴돌았다. 아무래도 오늘 하루가 괜찮지 않을 것 같았다.

왕따

출발 장소는 겨울 햇볕이 따뜻한 덕수궁 돌담길이었다. 일찍 와 기다리던 수문군들이 짜증스러운 눈빛으로 쏘아보았다. 얼른 무리 속으로 파고들었다. 바로 복장 검사가 시작되었다. 마 부장과 장 팀장이 앞에서부터 한 사람 한 사람 행사복을 살피며 잘못된 부분을 지적했다. 내 차례였다. 장 팀장이 위아래로 훑어보더니 바로 인상을 찌푸렸다.

"원형 씨, 행전 불량, 전대 불량, 벙거지 불량! 당장 시정해요."

어리벙벙한 채 가만히 서 있었다. 행전이 무엇이고 전대가 무엇인지도 몰랐다. 옷매무새를 다듬는 척하며 슬쩍 옆 사람들의 행사복을 살폈다. 특별히 차이가 없어 보였다. 그런데도 내 행사복은 어쩐지 엉성했다. 무엇을 할지 몰라 가만히 있는데 문환이 다가왔다. 정강이에 감은 토시처럼 생긴 것을 풀고 다시 매주었다. 행전行纏은 바지 아랫단을 흘러내리지 않게 잡아 주는 토시 같은 것이었다.

"행전은 자주 확인해야 합니다."

문환이 도와주자 여기저기 다른 손들이 튀어나와 행사복을 조금씩 매만져주었다. 금방 옷맵시가 살아났다. 복장 점검이 끝나자 마 부장이 크게 소리를 질렀다.

"출발!"

둥둥, 북소리를 울리며 수문군이 움직이기 시작했다. 돌담길을 지나고 덕수궁 뒷문을 통해 궁궐 내 정원을 거쳐 대한문 앞 광장까지 가는 행렬이다. 깃발과 주장봉과 월도를 든 수문군의 모습이 마치 전쟁터로 출발하는 전사들을 생각나게 했다. 장 팀장은 앞뒤로 뛰어다니며 열과 줄 간격을 맞추라고 소리쳤다.

웬일인지 앞사람과 줄이 자꾸 틀어졌다. 깃발은 무거운데 바람마저 불어오니 몸의 중심이 흔들렸다. 다른 수문군들이 어떻게 행진하는지 살펴볼 겨를이 없었다. 한참을 끙끙거리며 나아가는데 갑자기 뒤에서 장 팀장이 퉁명스럽게 외쳤다.

"원형 씨, 오른쪽으로 열외!"

또 무슨 일인가 싶어 얼른 주위를 둘러보았다. 모두 벙거지에 가려 얼굴을 볼 수 없었다. 오른쪽 맨 뒤 수염이 텁수룩한 녀석의 표정만 눈에 들어왔다. 인상을 박박 쓰며 나를 째려보았다. 얼른 행렬에서 빠져나왔다.

"빨리 행전 다시 매요."

왼쪽 발목에 묶은 행전이 아래로 흘러내려 와 있었다. 장 팀장이 깃발을 잡아주었다. 행전을 다시 맸다. 뒤따라오던 수문군들이 흘금흘금 쳐다보았다. 얼굴이 화끈거렸다. 몇 시간 되지도 않아 영락없는 고문관이 되어 버렸다. 얼른 옷매무새를 갖추고 신병처럼 잽싸게 행렬에 합류했다. 조금 더 가니 이제 양팔이 뻣뻣해졌다. 깃발은 바람에 펄럭이며 제멋대로 흔들리고, 왼손은 구십 도로 각을 잡아야 하고, 오른손은 배꼽 아래 단전에 붙여 정위 자세를 취한 채 걸으니 당연한 일이었다. 익숙지 않은 자세라 몸의 중심이 자꾸 흔들렸다. 자연히 팔에 힘이 잔뜩 들어가 근육이 경직되었다. 하지만 버텨야 했다.

덕수궁 정전正殿인 중화전을 지나자 취타대의 연주가 시작되었다. 수문군의 발걸음도 활발해졌다. 수문군의 행렬이 대한문에 가까워질수록 관광객들도 눈에 띄게 많아졌다. 관광객들이 손뼉을 치며 환호성을 질렀다. 이 순간만은 수문군의 한 구성원이라는 사실이 뿌듯했다. 남아 있을 것 같지 않던 충정이 마음 밑바닥에서 서서히 배어 나왔다. 전사가 된 기분으로 눈에 힘을 주며 결전장인 대한문 앞 행사장으로 천천히 전진했다.

궁궐 정문을 넘어서자 맨 먼저 눈에 들어온 것은 행사장 광장 위의 하늘이었다. 겨울 하늘은 몸이 오싹할 정도로 새파랬다. 새파란 하늘 아래 관람객들이 자작나무처럼 빽빽하게 서 있었다.

자작나무 사이로 어린아이들이 쭈그리고 앉아 있었다. 딱따구리 새끼들처럼 말똥말똥 눈을 굴리며 수문군을 쳐다보았다. 갑자기 관람객들이 내 첫 등장을 지켜보러 일부러 찾아온 것이 아닐까 하는 엉뚱한 생각이 들었다. 막 무대에 올라선 듯 다리가 후들거렸다.

"어, 엄청 많네."

바로 옆 수문군이 혼잣말처럼 웅얼거렸다. 그 순간 취타대의 북소리가 울렸다.

"쿵, 쿵, 쿵, 쿵!"

연이어 나각과 나발이 울리고 빠른 행진곡이 연주되었다. 수문군의 발걸음도 연주에 맞춰 활발하게 움직였다.

오방은 깃발을 들고 광장을 한 바퀴 돈 후에 궁궐 안으로 들어왔다. 다음 출발 신호가 있을 때까지 대기 상태로 서 있었다. 다른 대원들과 섞여 어정쩡하게 서 있는데 장 팀장이 눈을 치켜뜨고 달려왔다.

"원형 씨. 빨리 행전 봐요."

아래를 내려다보니 또 행전이 흘러내려 와 있었다.

"양기진, 네가 책임지고 원형 씨 잘 관리해. 알았지, 엉?"

기진은 출발 때부터 계속 인상을 찌푸리던 수염이 텁수룩한 녀석이었다.

"다들 행전 살펴봅시다!"

그가 오방들에게 큰소리로 외쳤다. 허겁지겁 오방기를 어깨와 고개 사이에 끼운 채 몸을 숙였다. 깃발이 미끄러졌다. 다시 깃발을 어깨에 기댄 채 행전을 묶으려 했지만 또 쓰러졌다. 수문군들이 고개를 돌리며 못 본 척했다. 앞쪽에 있던 문환이 다가와 깃발을 잡아 주었다. 고맙다고 말하며 행전을 정강이 안쪽에 바짝 맨 후 일어나 오방기를 넘겨받았다. 얼굴이 화끈거렸다. 벙거지를 조금 눌러썼다.

'도대체 왜 이렇게 행전이 자꾸 흘러내리지? 다른 대원들도 수시로 들여다보며 신경을 쓰는 것이 꼭 내 잘못만은 아닌 거 같은데…….'

까닭을 모르니 부아가 나려 했다. 시간이 갈수록 점점 다른 수문군들이 의심스러웠다. 무슨 음모가 있거나 누명을 쓴 기분이 들었다. 나중에라도 꼭 사실을 밝히고 싶었다.

다시 깃발을 세우고 긴장한 채 서 있었다. 옆에 서 있던 양기진이 벙거지가 틀어졌다며 지적을 했다. 그것을 신호로 여기저기 비아냥대는 소리가 날아왔다.

"거, 좀 잘합시다."

"하여튼 노땅들은 도움이 안 돼."

웅성거리는 쪽으로 고개를 돌렸다. 다들 나불거리던 입을 다물었다. 벙거지에 얼굴을 숨긴 적처럼 느껴졌다. 벙거지를 다시 쓰려 오방기를 뒷사람에게 부탁했다. 떨떠름한 표정을 지으며 마지못해 잡아 주었다.

아들뻘 되는 애들하고 이 무슨 짓거리람. 확, 던져버리고 가버
릴까.

하지만 행사 중에 빠져나가면 절대 안 될 일이다. 깽판 치고
가버리면 소개해준 승현이 곤란할 것이 분명했다.

조금 참자. 이들이 나를 따돌린다는 증거만 잡으면 그때 가서
행동해도 늦지 않다. 아직 신입이라 잘 모르는 부분도 있을 수 있
을 것이다. 참고 신중하게 기다리자. 견디다 보면 내가 그렇게 어
벙한 놈이 아니라는 것을 알게 될 터이다. 딸에게서 조금이라도
벗어나려면 버텨야 한다. 하영은 나이가 들면서 힘도 세지고 소
리도 엄청 크게 질렀다. 한번 발작을 하면 멧돼지가 침입한 듯 거
실이 난장판이 되었다. 조금이라도 잊으려 하는데 쉽지가 않다.
수문군들이 모두 한통속으로 보이지만 지금보다 더 나빠지지는
않을 것이다. 하지만 머릿속에서는 작은 불안이 혀를 날름거렸
다. 벙거지를 바로잡자마자 출발 신호가 떨어졌다. 부랴부랴 오
방기를 들고 앞사람을 따라갔다.

행사장에서는 교대의식이 어떻게 진행되는지 다음 순서가 무
엇인지 하나도 머릿속에 떠오르지 않았다. 장 팀장이 무조건 앞
사람만 따라 하라는 말만 생각났다. 그 말대로 행사 내내 앞사람
만 보았다. 앞 수문군은 도통 움직일 생각을 하지 않았다. 언제
동작을 해야 하나 기다리다 지쳐 될 대로 되라며 멍을 때리고 있

었다.

"왼쪽으로 돌아요."

장 팀장이 옆에 와 있었다. 아차, 하며 몸을 틀었다. 앞 수문군을 보니 어느새 방향이 바뀌어 있었다. 오방에게 벌써 구령이 떨어진 모양이었다. 몸을 돌렸지만 여전히 어리둥절했다.

"깃발 내려요."

장 팀장이 낮게 내뱉었다.

얼굴이 뜨거웠다. 얼른 깃발을 내려 바닥에 세웠다. 여자 사회자의 안내 말이 행사장에 울려 퍼졌다.

"잠시 후 포토타임이 거행되겠습니다. 관람객들은 수문군들과 함께 사진을 찍으셔도 좋습니다."

포토타임

포토타임은 '궁궐수문군 교대의식' 행사 중에 수문군이 관람객과 함께 기념사진을 찍는 시간이다. 수문군이 두 대로 나뉘어 궁궐 정문과 행사장 마당에 정렬을 한다. 각 대 앞에는 수문장이 선다. 오른쪽 공간에는 주서와 사약이 위치하고 행사장 양쪽 끝에는 오방이 깃발을 세운 채 마주 선다.

수문군들이 월도와 주장봉을 내리고 조각상처럼 섰다. 차단선 밖에 있던 관람객들이 잠시 우물쭈물하더니 기념사진을 찍는다는 안내 말이 나오자 우르르 몰려들었다.

관람객들이 가장 붐비는 곳은 궁성 정문의 수문장 앞이다. 수문장은 머리에 장끼 꼬리와 공작 털이 꽂힌 전립을 썼다. 노란 동다리 속옷에 검은 쾌자를 겉에 걸쳤다. 어떤 수문군보다 도드라졌다. 그 앞에 진행요원이 배치되어 쉴 새 없이 스마트폰을 눌렀다.

그다음 북적이는 곳은 주서(승정원 소속의 정7품)와 사약(내시부의 액정서 소속) 앞이다. 주서는 청회색 복장에 관모를 쓰고 왕의 교지를 들고 있다. 사약은 환도를 차고 통치마처럼 보이는 붉은 철릭에 둥글고 챙이 긴 홍립을 썼다. 붉은 저승사자처럼 보이는 것이 낯설다. 주서와 사약의 행사복은 다른 수문군에 비해 색상이 선명하다. 주서는 실제로 조선 시대의 관료처럼 기품이 있었다. 수문군에서 몇 년을 근무해야 저 자리에 오를 수 있을까. 깃발을 세운 채 오르지 못할 곳을 선망하는 아이처럼 부러운 듯이 바라보았다.

멍하니 서 있는데 히잡을 쓴 두 여인이 지나갔다. 여인들의 눈은 깊고 까맸고 얼굴은 갈색이었다. 눈썹이 짙어서인지 얼굴과 눈의 이미지가 뚜렷했다. 이마에는 빨간 동그란 점이 붙어 있었다. 어디서 많이 본 듯한 얼굴이었다. 그들은 주서와 사약 앞에서 가만가만 사진을 찍고 살며시 웃으며 궁궐 안으로 사라졌다. 현세를 구경 왔다가 다시 과거로 돌아가는 아라비아 공주처럼······.

처음 맞는 포토타임은 인상적이었다. 포토타임이 진행되는 동안에 행사장은 작은 평화의 공간으로 변했다. 일본이나 독일 그리고 미국에서 온 관람객들과 가끔 프랑스어와 스페인어를 사용하는 관람객들이 섞여 있었다. 가장 눈에 띄는 관람객들은 단연 중국인이다. 그들은 단체 관광객들이 흔히 그렇듯 몰려다니며 시끄러웠다. 그러나 다른 관람객들은 아무런 다툼 없이 서로 웃으며 조각상처럼 서 있는 수문군과 함께 사진을 찍으며 즐거워했다.

나라 밖으로 조금만 나가도 세상은 온통 이념과 인종 그리고 종교 문제로 전쟁도 불사하는 마당에 이 좁은 광장에는 과거의 수문군과 현재의 관람객 사이에 작은 유토피아의 세계가 흐르고 있었다. 세계 각국에서 온 관람객들이 만족한 얼굴로 자유롭게 어울렸다. 문득, 어느 곳에도 존재하지 않는 장소인 작은 이상향이 이곳이 아닐까 하는 생각이 스치고 지나갔다.

조금 시간이 지나자 사회자의 안내 말이 흘러나왔다.

"교대가 끝난 수문군은 이제 궁 안으로 돌아가고, 교대군이 다시 궁성문을 수위하겠습니다."

안전 요원들이 관람객을 차단선 밖으로 밀어내느라 긴 황적색 안전봉을 연방 흔들어댔다. 수문장과 사진을 한 컷이라도 더 찍으려는 관람객들이 미적거리자 갑자기 행사장이 꿈틀거리기 시작했다. 정지된 과거의 조각상과 움직이는 현재 관람객이 겹치며 잠시 두 세계가 삐걱거렸다. 그 틈 사이로 스며들어 딸로부터 영원히 숨고 싶었다. 아무도 찾을 수 없는 곳으로, 나 자신조차 돌아오는 길을 알지 못할 곳으로…….

헛생각하지 말라는 듯 참하의 구령이 울렸다.

"정위!"

수문군들이 기물을 들고 정위 자세를 취했다.

"향전!"

취타대가 북을 두드리고 나발을 불었다. 수문장이 수장기와 청도기를 앞세우고 교대한 수문군을 이끌고 궁성문으로 퇴장했다. 교대 수문군이 빠져나가자 광장에 있던 관람객들도 함께 궁궐 안으로 따라갔다. 포토타임이 끝난 행사장은 갑자기 텅 빈 장소로 바뀌어버렸다. 파장한 시골 장터처럼 오방들의 깃발만 휑뎅그렁하니 남았다. 깃발을 들고 처량하게 서 있는 모습이 영락없는 수문군 졸병 신세였다. 이 자리마저 낙하산으로 들어왔다고 생각을 하니 얼굴이 화끈거렸다.

안내 방송을 하는 곳에서 음악이 흘러나왔다. 마음은 느긋했다. 건너편의 오방 쪽은 그늘이 져 추워 보였다. 내가 서 있는 담장 옆은 다행히 햇볕이 따뜻했다. 얼굴을 감싼 휘항 때문인지 엄마 품처럼 포근했다. 동굴 속에서 겨울잠을 자는 어린 동물이 된 느낌이었다.

"에이, 모르겠다."

오방 깃발을 슬쩍 앞으로 끌어당겨 얼굴을 가렸다. 슬슬 졸음이 몰려오며 혼자만의 세계로 빠져들었다. 어린 시절의 기억이 한 장 한 장 필름처럼 지나갔다.

햇볕이 따스한 무덤가에 꿩들이 모여 있다. 어미 꿩과 새끼 꿩들은 장난을 치느라 정신이 없다. 장끼는 무덤 위에서 꿩꿩, 울면서 날개를 퍼덕인다. 참하의 구령 소리와 장끼 우는 소리가 귓속에 윙윙댄다. 수문장의 울긋불긋한 복장이 장끼의 목둘레와 닮았다. 수문군들이 교대의식을 하는지 장끼들이 노는 것인지 머릿속이 가물가물하다. 파랑새가 주장처럼 기물을 들고, 휘파람새가 월도를 든 채 장끼의 뒤를 따른다. 노랑할미새가 취타대처럼 운라를 두드리고, 나발과 나각을 불며 흥을 돋운다. 멀리 하늘에는 구름이 떠 있고, 햇볕은 따스하며, 아지랑이가 어른거린다. 시골산 중턱의 무덤 위에는 하염없는 권태로움이 깔려있다.

마음 깊은 곳에서 조용한 울림이 새어 나왔다.

당신은 왜 이런 존재로 변해버렸나요.

울림의 파장이 끝나기도 전에 스피커에서 여자 목소리가 들렸다.

"서경아!"

뭐지? 곰곰이 머리를 굴리며 주위를 둘러보았다. 몽상과 다르게 기껏 나의 과거에 도달한 듯싶었다. 무슨 일이 있나? 슬그머니 깃발 사이로 앞을 보았다. 다른 수문군들도 별다른 움직임이 없었다. 잘못 들었겠지 하며 다시 깃발을 잡아당겨 얼굴을 가렸다.

혹 내가 숨는 데 성공한 건가. 어디든 집보다 나쁘기야 하겠어.

"서경이 네가…… 호호호!"

목소리가 조금 크게 들렸다. 천천히 소리 나는 쪽을 바라보았다. 안내 방송을 하는 곳이었다. 여자 사회자들이 애기를 나누는 모양이다. 광장에 흩어져 있던 진행 요원들의 무전기에서 마 부장의 다급한 목소리가 흘러나왔다.

"장 팀장! 빨리 사회자 마이크 끄라고 해!"

장 팀장이 손을 들어 흔들며 안내소로 뛰어갔다. 잠시 후 텅텅, 마이크를 끄는 소리가 들렸다. 행사장은 다시 조용해졌다. 점점 시간이 흘러갔다. 눈이 차츰 몽롱해졌다. 서경이란 이름이 흐릿한 머릿속에 계속 맴돌았다.

점점 눈꺼풀이 내려앉았다. 졸린 눈앞에 실 같은 투명한 선이 수직으로 내려왔다. 눈앞에 멈추어 흔들거렸다. 바람 부는 날 처마에서 떨어지는 빗줄기 같았다. 점점 움직임이 느려지더니 점으로 가물거렸다. 까만 점 안에서 하얀 방울이 점점 부풀어 올랐다. 동그란 원 안에 한 소녀가 고개를 뒤로 젖히며 깔깔깔, 웃었다.

초등학교 일학년 때였다. 봄 소풍날 보물찾기 시간이었다. 쪽지를 찾지 못해 허탈한 채 서 있는데 지나던 담임선생이 쪽지를 하나 건네주었다. 시간이 다 되자 반 친구들이 산속 빈터에 모였다. 쪽지를 찾은 친구들은 노래를 부르고 상품을 탔다. 다들 싱글벙글 좋아했다. 담임선생은 계속 나를 쳐다보았다. 영문을 몰라 그냥 뻘쭘하니 서 있었다. 그날 어머니는 농사일 때문에 오지 않았다. 옆에 있던 지웅의 어머니가 나에게 얼른 손을 들라고 했다. 나는 손사래를 쳤다. 참다못한 지웅이 어머니가 직접 내 손을 들어 올렸다. 담임은 기다렸다는 듯이 내 이름을 불렀다. 앞으로 나갔다. 노래 부르기다. 왠지 얼굴이 화끈거리고 서 있는 것이 창피했다.

"자, 무슨 노래?"

"학교 종이요."

손바닥에 땀이 맺혔다.

"그래. 그러면 준비하고. 자, 하나, 둘, 셋, 시작!"

땅, 소리와 함께 입안에 머금고 있던 노래 가사가 한꺼번에 쏟아져 나왔다.

"학교종이땡땡땡어서모이자선생님이우리를기다리신다."

따발총 쏘듯이 노래를 하고 백 미터 달리듯 내 자리로 뛰어 들어왔다. 담임선생과 아이들과 지웅의 어머니와 소풍을 따라온 다른 어머니들이 정신없이 웃으며 손뼉을 쳤다. 고개를 들 수가 없었다. 한참 땅을 내려다보고 있으니 잠잠해졌다. 그런데 한쪽에서 여전히 깔깔대는 소리가 들렸다. 목을 젖히고 웃는 소녀와 눈이 마주쳤다. 서경이다. 까만 눈동자에 감청을 먹은 갈색 이가 선명하게 눈에 들어왔다.

갈색 얼굴에 짙은 눈썹을 가진 히잡을 쓴 여인들을 보니 왠지 어렸을 때 그 소녀의 모습이 떠올랐다. 기념사진을 찍던 그 여인들은 어디에서 왔을까. 무엇 때문에 이 궁궐에 왔을까. 유년 시절의 소녀는 아직도 그때처럼 웃는 얼굴일까.

하루 일을 마치고 집에 돌아왔다. 하영은 나를 피해 소리를 지르며 자기 방으로 도망갔다. 아들은 아르바이트를 나가고 집에 없었다. 아내는 늦게까지 가게에서 돌아오지 않았다.

말채나무

수문군 생활은 모든 것이 익숙한 듯하면서도 낯설었다. 한 달이 지나자 수문군 조직이 어떤 시스템으로 움직이는지 어느 정도 알게 되었다. 그사이에 나도 모르게 이 조직의 유기체로 몸 색깔이 점점 변하고 있었다.

첫 출근 날에 수문군들에게 정식 인사를 시키지 않은 이유도 자연스럽게 알게 되었다. 한 마디로 뜨내기들 때문이었다. 하루 이틀 일을 해 보고는 아무런 말도 없이 나오지 않는 사람이 의외로 많았다. 그런 까닭에 신입은 일정 기간 정식 인사를 미뤘다. 일 년 동안 함께 생활하는 수문군들은 정원의 팔십 퍼센트에 불과했다. 나머지는 그날그날 뜨내기들로 보충을 했다. 수문군 대기실은 직업소개소와 비슷했다.

이제 교대의식을 치르는 일이 익숙해지자 긴장감이 없어지면서 하루하루 지루해졌다. 갈수록 수문군 일이 따분하다고 느껴질 때 고향 친구들 사이에 SNS를 통해 내 얘기가 돌아다니고 있었다. 승현이 나도 모르게 '궁궐수문군 교대의식'을 보고 간 모양이었다. 이런저런 소식을 사진과 함께 올렸다. 배경은 보이지 않고 사진이나 동영상만 화려하게 떠다녔다. 그리고 점차 이야기들이 포장되기 시작했다. 조선 시대 수문군 복장과 월도를 들고 서 있는 모습이 딱 어울린다는 얘기였다. 하지만 관람석도 없는 조그만 궁궐 앞의 좁은 마당에서 초라하게 교대의식을 치른다는 것을 누구보다도 승현은 잘 알았다.

물론 그런 말들을 전혀 이해하지 못하는 것은 아니었지만 왠지 이제부터라도 남들의 이목에 신경을 써야겠다는 생각이 들었다. 혹 아는 사람이 지켜볼지도 몰랐다. 그때부터 행사 중에 유심히 관람객들의 눈치를 보게 되었다. 하지만 안경을 쓰지 않은 내 눈에는 너무 흐릿했다. 승현이 서 있어도 모를 정도였다. 어쩌면 불행 중 다행이었다. 아는 사람과 눈이라도 마주치면 상당히 곤혹스러울 것 같았다.

점심 식사 후에는 궁궐을 산책하는 것이 일상이 되었다. 답답한 대기실보다 훨씬 시원하고 마음이 편했다. 덕수궁은 다른 궁궐에 비해 공간도 좁고 나무들도 적었다. 백 년 이상 된 나무는 몇 그루 되지 않았다. 1904년에 대화재가 일어나 중화전뿐만 아니라 그 주위 나무들이 모두 타버렸다. 백 년 이상 된 나무들은 대부분 중화전에서 멀리 떨어져 있는 곳에 서 있었다.

　그런데 중화전 바로 옆에 유독 풍채 좋은 나무 한 그루가 서 있었다. 건물의 위용에 가려 사람들의 눈에 잘 띄지는 않았다. 나무 둘레는 한 아름이 넘었다. 밑둥치나 높이로만 어림잡으면 족히 백 년은 넘어 보였다. 나무에는 검은 껍질이 다닥다닥 붙어 있었다. 말 궁둥이에 붙은 땟자국처럼 보였다. 말채나무다.

　말채나무는 처음 생각했던 것보다 수령이 그리 많지 않았다. 가만히 보니 나무에서 뻗어 나온 가지도 굵지 않고 가늘었다. 결정적으로 말채나무에는 새의 둥지가 없었다. 수령이 오래된 나무는 새들이 눈여겨보다가 꼭 둥지를 틀었다. 새의 둥지는 자연이 나이 든 나무에 주는 훈장과 같았다.

　말채나무가 수령이 백 년이 되지 않다는 것을 확실히 알게 된 것은 아주 우연이었다. 70년대 덕수궁 중화전을 찍은 사진에 십 년 정도 되는 말채나무가 서 있었다. 말채나무 수령은 나보다 조금 더 많았다. 말채나무는 중화전 옆 정중앙에 서 있는데 그 나무 아래 늘 한 여자가 앉아 있었다.

　그날도 수문군은 돌담길에서 오후 행사를 치를 준비를 하고 있었다. 눈이 오려는지 날씨가 흐리고 몸이 찌뿌둥했다. 배역은 월도다. 수장기와 청도기를 든 수문군이 앞장을 서고 그다음 오방이 두 줄로 깃발을 들고 나아갔다. 그다음은 취타대가 뒤따르고 그 뒤로 주장과 월도가 행진한다. 오방 깃발은 청색, 백색, 황색, 적색, 흑색의 순서로 휘날렸다. 왼쪽 열의 깃발에는 호랑이 문양이, 오른쪽 열은 청룡, 백호, 황룡, 주작, 현무가 그려져 있었다. 걸을수록 행군의 열기가 천천히 몸속으로 번졌다. 깃발을 펄럭이며 진군하는 수문군의 모습이 대학 시절에 데모하던 광경과 흡사했다. '출전가'가 나도 모르게 입속에 맴돌았다.

'동지들 모여서 함께 나가자!'

왜 우리는 미래에 일어날 일들을 눈곱만큼도 알지 못하면서, 단지 과거에 일어난 일만 알 수 있을까 하는 생뚱맞은 생각이 들었다. 그 시절에 지금 여기에서 깃발을 들고 있을 거라고 누가 상상이나 했겠는가? 나이가 들면서 힘겨운 상황이 닥칠 때마다 이런 의문이 불쑥불쑥 튀어나왔다. 이런 생각들이 어떤 의미를 갖는지 모르겠지만, 앞으로도 계속 머릿속에서 솟아나는 것을 막을 수는 없을 터였다.

길 양쪽으로 궁궐 담장이 죽 이어지고 담장 너머로 키 큰 나무들이 솟아 있었다. 앞으로 길게 뻗은 길 끝에는 겨울 하늘이 새파란 얼굴로 수문군의 행렬을 내려다보고 있었다.

이렇게, 아무 생각 없이 며칠이고 그냥 걷고만 싶었다. 걷고 또 걷고 계속 걷다 보면 인생의 끝자락에서 미리 도착해 있는 먼 훗날의 나와 만날 것만 같았다. 육탈을 마치고 뼈만 남은 훗날의 내가 삶의 끝에 서 있다. 먼 길을 걸어온 또 다른 나를 맞으며 서로 손을 맞잡고 어깨를 다독이며 끌어안는다.

'고마워!'

왠지 마음이 찡했다. 동시에 싱긋 웃음이 흘러나왔다.

"앞사람과 간격 맞춰요!"

옆에 걷던 기진이 헛생각 집어치우라는 듯이 꼬나보았다.

저 지저분한 수염, 노란 머리, 튀어나온 이빨, 싹수없는 새끼!

한 달 정도 지나자 수문군들은 이제 다들 형이라고 불렀다. 녀석은 아직도 내 이름 석 자를 또박또박 불렀다. 아무리 군대 같은 조직이라도 그렇지. 나이도 자기보다 스무 살가량 많은데…….저놈 꼴 보기 싫어서라도 얼른 이곳을 떠나야지. 앞사람과 간격을 맞추며 월도를 바로 세우고 하늘을 쳐다보았다. 길 위로 펼쳐진 하늘이 아득했다.

덕수궁 뒷문을 통과했다. 궁궐 안은 추웠다. 바깥에서 막연하게 바라볼 때는 따뜻한 햇볕이 가득 차 있을 것처럼 보였다. 양지바른 담 밑에 철 이른 제비꽃도 피어 있지 않았을까 은근히 기대했다. 겨울날, 고향 언덕 밑에 돋아나던 파릇한 새싹이 자꾸만 생각이 났다. 추위가 깊을수록 왜 고향이 그리워지는지 그것 또한 묘한 일이다. 괜히 겨울에 자라는 새순이 생각나며 목구멍 깊은 곳에서 흙냄새가 흘러나왔다. 저절로 목울대가 쿨렁거렸다.

궁궐 담 밑 어디에도 햇볕은 고사하고 꽃 하나 보이지 않았다. 빽빽한 나무 그늘에는 찬 기운만 도사렸다. 수문군이 지날 때마다 숨어있던 냉기가 발걸음 소리에 놀라 스멀스멀 가시를 세웠다.

궁궐 수문군은 처음과 달리 의외로 정제된 규율들이 숨어 있었다. 행진하다 팔이 아플 때면 맨 뒤에 있는 선임 수문군이 구령을 외쳤다.

"환집換執!"

수문군이 기물을 잡은 팔을 바꾼다. 깃발이 나무에 걸릴 만하면 또 구령을 했다.

"하기下旗!"

이제 기물들을 내리고 행진한다. 이렇게 환집과 하기를 반복하며 힘을 분배하고 저장했다. 궁궐수문군 교대의식이 이십 년이넘었다는 마 부장의 얘기가 괜한 헛소리가 아니었다. 내가 서울에서 산 햇수와 거의 비슷했다.

처음 느꼈던 궁궐의 생경한 분위기도 조금씩 익숙해졌다. 처음에는 보이지 않던 관광객들의 표정도 이제 하나하나 눈에 들어오기 시작했다. 손뼉을 치며 환호하는 모습이 차츰 기다려졌다. 월도를 들고 전진할 때면 괜히 고독한 무사가 된 기분이었다.

궁궐 정문이 가까워지자 관광객들이 점점 늘어났다. 히잡을 쓴 여자들도 여럿 보였다. 자연히 눈길이 자주 갔다. 그럴 때마다 기다렸다는 듯이 장 팀장의 구시렁대는 소리가 날아왔다. 대한문이 가까워지자 수문군들은 어깨를 들썩이며 근육을 풀기 시작했다. 나도 노련하게 보이려 어깨를 들썩였다.

포토타임이 시작되었다. 그날따라 행사장은 이상하게 조용했다. 관람객이 거의 보이지 않았다. 짧은 시간이지만 이런 정적이 그렇게 나쁘게 느껴지지는 않았다. 주위가 조용해지자 무언가 보너스를 받은 기분이었다. 교대의식 행사도 오래된 것처럼 익숙하게 느껴졌다. 마음이 풀리자 몸도 느긋해졌다. 월도를 세운 채 멍하니 상상의 나래를 펼치기 시작했다.

가만히 생각해 보면 어린 시절과 지금의 내 모습이 하나도 다를 것이 없었다. 지금 내 삶은 아내와 딸 주변에만 맴돈다. 그 구심점에서 벗어날 수가 없다. 왜 변하지 못하고 계속 구질구질한 모습으로 떠도는가. 앞으로 삶도 나아질 기미는 거의 보이지 않는다. 머리 한구석에서 삶이란 원래 그런 것이라는 세뇌된 지식이 계속 괜찮다고 속삭이며 현실에 안주하게 만든다.

어머니와 함께했던 유년 시절, 이제 다시는 오지 않을 그 시절이 자꾸만 그립다. 그리운 것이 전부 아름다운 것만은 아니다. 그런데도 지난날은 아름다운 것이라고 머릿속에 각인되어 있다. 작고 꾀죄죄한 것들은 빠르게 잊힌다. 아름답고 그리운 것들만 허깨비처럼 기억 속에 새겨 있다. 오래 마음에 담아 두어도 불편하지 않기에 그럴 터이다. 유년 시절을 못내 그리워하는 것은 현재의 자신이 행복하다고 생각하지 않기 때문이다. 자꾸만 지난 시절이 화면처럼 펼쳐지며 생각의 물꼬를 과거로 틀고 있었다.

궁궐 안쪽에서 차가운 바람이 불었다. 갑자기 기온이 쌀쌀해졌다. 궁궐 담장에 서 있는 배롱나무 위 하늘에 구름이 끼더니 검은 그림자가 대한문 위로 몰리고 있었다. 싸락눈이 조금씩, 천천히, 흩날리기 시작했다. 금세 광장 바닥이 희끗희끗해졌다. 자작나무 같은 은빛 커튼이 바깥세상으로부터 행사장의 작은 공간을 차단했다. 바닥에는 하얗게 눈이 쌓였다. 날씨의 변화에도 수문군들은 기물을 세운 채 움직이지 않고 서 있었다. 나는 서 있는 자세 그대로 가만히 싸락눈이 내리는 광장과 하늘을 쳐다보았다. 싸락눈은 주눅 들어 있는 나에게 힘내라는 격려의 메시지처럼 느껴졌다.

포토타임이 끝날 때쯤이었다. 참하가 출발을 알리는 구령을 외쳤다. 취타대가 어깨에 둘러멘 용고를 치려 북채를 들었다. 앞쪽에서는 안전요원들이 차단봉을 흔들며 관람객들을 금지선 밖으로 밀어내고 있었다. 수문군들이 막 출발 하려는데 한 여자가 셀카봉을 들고 총총 다가와 옆에 섰다. 아무런 망설임도 없이 찰칵찰칵, 셔터를 눌렀다. 나는 반사적으로 화면을 보며 자세를 취했다. 여자는 유유히 관람객 속으로 사라졌다.

며칠 지나 승현에게서 전화가 왔다.

"야, 너, 서경이하고 찍은 사진 봤는데 둘이 만났어?"

서경이? 무슨 말인지 얼른 이해가 되지 않았다.

"야야, 초등학교 일학년 때 우리 동창! 아버지가 선생님이던 여자애 있었잖아?"

우리 동창 여자애라는 것은 금방 생각이 났다. 하지만 지금 물어본 얘기가 무슨 말인지 얼른 감이 오지 않았다.

"사진 얘기부터 차근차근 말해봐."

궁금했다.

"서경이 너와 함께 찍은 사진을 카톡으로 보냈어. 사진 속의 인물이 너인지 물어보았거든."

"그래? 나하고 사진을 찍었다고?"

"그래. 사진까지 찍었는데 몰라?"

하루에도 수없이 사진을 찍으니 다 기억할 수 없었다. 승현에게 일일이 설명하기는 번거로웠다.

"그런데 걔는 어떻게 승현이 너하고 연락이 됐어?"

그 부분이 더 궁금했다.

"서경이? 우리 단체 카톡 방에 들어온 지 꽤 오래되었어. 네가 활동을 하지 않아 그렇지."

서경은 카톡뿐만 아니라 모임에도 간간이 나온다고 했다. 나는 덕수궁 수문군에 들어온 뒤로 거의 동창 모임에 나가지 못했다. 그와 얘기를 하는 동안 문득 며칠 전에 포토타임이 끝나려 할 때 셀카봉으로 사진을 찍던 여자의 모습이 떠올랐다. 얼굴도 무슨 옷을 입었는지도 전체 모습도 확실히 떠오르지는 않았다. 하지만 돌아갈 때 뒷모습은 어디서 많이 본 듯 익숙했다.

그날부터 관람객들을 좀 더 자세히 살폈다. 하지만 안경을 쓰지 않는 눈으로 여전히 그들의 표정까지 읽을 수는 없었다. 대충 같은 나이쯤 되는 여자들을 눈여겨보았지만 그녀처럼 보이는 사람은 없었다. 포토타임에도 그녀는 나타나지 않았고 오후 행사에도 보이지 않았다. 그다음 날도 모습을 드러내지 않았다. 그리고 한 주일이 지나갔다.

한동안 뜸했던 점심 산책을 다시 시작했다. 말채나무 아래에 여전히 그 여자가 앉아 있었다. 여자의 뒷모습이 어디서 본 듯 눈에 익었다. 걸음을 멈추었다. 포토타임에 사진을 찍던 그 여자였다. 하지만 선뜻 다가설 수 없었다.

이 칼 진짜예요

배역이 수위군으로 바뀌었다. 두 명이 한 조가 되어 궁성문 앞에 서 있는 것이 수위군의 주된 일이었다. 맨 처음 궁궐 수문군 아르바이트를 권유받았을 때 떠올린 모습이 이 수위군이다. 긴 월도를 들고 대한문 앞에 서서 수문군 본대가 교대의식을 치르러 올 때까지 기다린다. 수위군은 다른 수문군 배역보다 움직이는 선과 동작이 단순하다.

한 가지 찝찝한 것은 규정과 같은 조라는 사실이다. 모든 일이 다 그렇지만 같이 근무하는 동료가 빠릿빠릿하면 일이 쉽고 편하다. 반대로 고문관과 짝이 되면 도매금으로 넘어가기 일쑤다. 나는 한 달이 지나면서 행사에서 틀린 동작이 거의 없어졌다. 규정은 처음과 별로 달라진 것이 없었다. 그는 규칙이나 순서, 동작 따위에 별로 신경을 쓰지 않았다. 조금 특이한 녀석이었다.

월도를 들고 정문 앞에 서자 기다렸다는 듯이 꼬마 아이들이 몰려들었다. 인솔자가 가까이 가지 말라고 주의를 하는데도 들은 척하지 않았다. 자기들끼리 낄낄대고 장난을 치면서 수위군을 흘깃흘깃 쳐다보았다. 눈에 장난기가 가득했다. 그들 중에 머리가 노란 녀석이 내 눈치를 살피더니 뒤로 돌아갔다. 뒤통수가 근질거렸다. 잠시 후 녀석이 옆구리를 쿡쿡, 찔렀다. 몸을 살짝 틀며 그러지 말라는 반응을 보였다.

"어, 마네킹 아니잖아? 살아 있네!"

아이들이 깔깔 웃었다. 웃음소리에 힘을 받은 녀석이 다시 앞으로 돌아와 실실 웃으며 나를 쳐다보았다. 버럭, 소리를 지르고 싶었지만 움직이지 말라는 김 팀장의 지시가 떠올랐다. 눈을 부라리고 인상을 쓰며 녀석을 째려보았다. 녀석은 아랑곳하지 않고 너희들도 해 봐, 하며 다른 녀석들을 부추겼다. 그러자 한 녀석 한 녀석씩 슬금슬금 월도 아래로 다가왔다. 그들은 신기한 듯 햇빛에 반짝이는 월도를 올려다보았다.

눈을 부라리며 저쪽으로 가라고 인상을 썼다. 녀석들은 전혀 움직일 생각이 없어 보였다. 저만치 떨어져 있는 규정을 바라보았다. 그는 주위 상황은 관심 없다는 듯이 고개를 까닥이고 있었다. 음악을 듣는 것이 틀림없었다. 무선 이어폰을 끼고 휘항을 쓰면 겉으로 아무런 태가 나타나지 않았다. 혹시 걸릴까 싶어 주위를 살폈다. 아무도 없었다.

갑자기 아이들이 서로 자기 말이 옳다고 우기기 시작했다.

"저 칼, 진검이야!"

노란 머리 녀석이 먼저 큰소리를 쳤다. 다른 아이들은 아니라고 했다. 노란 머리 녀석이 자기 말이 확실하다며 다가왔다.

"이 칼 진짜죠?"

경험 많은 수문군처럼 목에 힘을 주고 목소리를 낮게 깔았다.

"어, 진짜야!"

아이들이 와, 하며 손뼉을 쳤다. 또 다른 아이가 다가와 물었다.

"이 칼이 진짜면 아저씨는 이 칼로 누굴 지켜요?"

누구를 지키다니? 맹랑한 녀석이네. 무슨 말을 할까 생각하며 머뭇거렸다.

"제가 좋아하는 게임 속 주인공은 보검으로 연약한 공주를 지켜요. 아저씨는 아무것도 못 지키죠? 진짜 칼이 아니니까."

몇몇 아이들이 그 녀석의 말에 동조하는 눈치였다. 아이들이 수다스럽게 떠들자 규정이 슬쩍 이쪽을 쳐다보았다. 별거 아니다 싶은지 다시 자기 세계에 빠져들었다. 고개를 끄덕이며 음악에 취해 있는 것이 치기 어린 젊은이가 영락없었다.

노란 머리 녀석이 그래도 의심스러운지 월도의 칼날을 올려다보며 이쪽저쪽을 살폈다. 가만히 앞만 쳐다보는 척했다. 별다른 움직임을 보이지 않자 녀석은 슬그머니 칼날에 손을 대려 했다. 관람객들이 수문군의 기물에 손을 대는 것은 금기사항이다.

녀석의 손이 월도의 날에 닿으려는 순간 나는 빠르게 칼을 앞으로 당겼다가 놓았다. 철컥, 소리가 울리면서 칼이 반짝 햇살에 빛났다.

"앗, 깜짝이야!"

녀석이 기겁하며 물러섰다. 속으로 흐흐 웃으며 규정을 쳐다보았다. 그는 아직도 정신없이 혼자만의 세계에 빠져 있었다.

고개를 돌려 노란 머리 녀석을 찾았다. 생각 같아서는 한 대 쥐어박고 싶었다.

하지만 조금 안쓰러웠다. 어린 시절의 나를 보는 것 같았다. 요즘 아이들은 너무 잇속에 밝다고만 생각했는데 이곳에 있다 보니 아이들을 바라보는 시선이 조금씩 바뀌었다. 순해졌다고 할 수 있다. 아이들은 그냥 있는 그대로의 표정을 드러냈다. 그들은 순간순간 그런 모습을 그대로 나타냈다. 그런데 그런 속마음과 다르게 행동과 말은 반대로 표현하는 버릇이 있었다. 그들이 수문군을 보는 시선에는 사실 동경의 눈빛이 숨어 있었다. 우리도 어릴 때 지금 아이들과 똑같이 행동했는데도 어른이 되어 전혀 그렇지 않은 것처럼 망각하고 있었다. 아이들이 인솔자의 부름에 궁궐 안으로 사라지자 대한문 안쪽에서 차가운 바람이 불었다.

다음 날도 아이들이 몰려와 월도가 진짜인지 물었다. 당연히 가짜라고 말할 수가 없었다. 사실 월도는 진짜 무쇠 칼이 아니라 알루미늄 합금이다. 뭔가 찝찝하지만 그들에게서 환상을 지워버릴 수는 없는 일이다. 세상에는 진짜가 아니지만 진짜라고 말해야 할 때가 종종 있다. 산타의 존재를 묻는 아이에게 그렇듯이……

무언가 반짝이는 것들은 대개 날카롭다. 왜 그런지 몰라도 아이들은 반짝이는 것에 강한 호기심을 보였다. 나 또한 어린 시절에 반짝이는 칼에 호기심이 많았다. 이런 호기심은 그 시절의 아이들이 가진 공통적인 것에 속했다.

바닷가 고향은 겨울이면 바람이 매서웠다. 바람 속에서도 학교에 가지 않는 날은 온종일 아이들과 들판을 헤집고 다녔다. 힘에 지치면 바닷바람을 피해 논에 쌓아놓은 짚가리 속으로 숨어들었다. 겨울 논에는 벼를 베고 다발로 쌓아놓은 짚가리가 군데군데 놓여있었다. 차가운 바닷바람을 막아주는 짚가리는 아이들의 좋은 놀이터였다. 저녁을 먹을 시간이 가까워지면 아이들은 모두 집으로 돌아갔다. 나는 홀로 남아 나무칼을 휘두르며 나름 무예를 연마했다.

공중제비 연습에도 땀을 흘렸다. 짚단을 쌓아놓고 도움닫기를 한 후에 몸을 한 바퀴 돌려고 하지만 대부분 엉덩이를 바닥에 찧고 말았다. 몇 번을 시도했지만 번번이 실패했다. 논바닥에 벌렁 드러누워서 시퍼런 하늘을 보면 구름은 나 같은 놈은 아무런 관심도 없다는 듯이 조용히 흘러가고 있었다.

어린 시절에 자주 보던 만화에는 쌍룡객과 백호라는 협객이 나왔다. 쌍룡객은 부자나 악인의 수하로 검을 사용했고 백호는 억울한 사람이나 약한 사람 편에 서서 싸웠다. 어린 나에게 당연히 백호가 더 마음에 들었다. 그들은 어떻게 수련을 받기에 공중제비는 기본이고 날아다니기까지 하는지. 두 협객에게는 언제나 하얀 수염을 휘날리는 도인이 스승으로 등장했다. 나에게도 그런 훌륭한 도인이 나타나기를 바랐지만 그것은 꿈에 불과했다. 남녘의 끝자락 게다가 외진 바닷가에 도인이 올 턱이 없었다. 오직 혼자, 고독한 수련만이 선택의 여지가 없었다.

무예를 쌓는데 맨손으로 할 수는 없었다. 어린 시절의 무기는 나무로 만든 검이었다. 목검을 만들 수 있는 나무 중에 아카시아가 가장 흔했다. 남녘의 벌판에 겨울에도 성장하는 몇몇 나무 중의 하나였다. 아카시아는 한겨울에도 가시 창을 날카롭게 세우고 벌판에서 겨울바람과 정면으로 서 있었다. 눈여겨 보아둔 아카시아를 톱으로 베어 집으로 끌고 왔다. 낫으로 잔가지를 치고 가시를 고르고 껍질을 벗기면 초록의 속살이 나타났다. 초록의 속살에는 아련한 봄 냄새가 숨어 있었다. 정성을 다해 속살을 다듬고 하얀 목검을 완성했다.

무엇이든 할 수 있고 또 당연히 그럴 수 있다고 자신감에 차 있던 유년 시절. 모든 것이 나를 중심으로 움직인다고 믿던 그 시절에 소년은 신이 분명 자기를 중심으로 세밀한 계획을 펼쳐놓았을 것이라고 한 치의 의심 없이 믿었다. 하지만 이런 치기 어린 자만심은 어린 시절 누구에게나 존재하는 착각에 지나지 않았다. 물론 그때 들판에 삿갓을 쓴 도인이 지나갔더라면 지금 내가 이곳에 궁색하게 서 있지 않았을 것이다. 하지만 이 조직에서마저 호의적인 평가를 받지 못하고 서 있는 나 자신을 보면 꼭 신이나 도인 때문만은 아닌 것이 분명했다.

"형님, 교대가 왜 이렇게 늦어요? 사람들이 시간을 정확히 지킬 줄을 알아야지, 이거."

휘항을 쓴 규정의 얼굴이 퍼렜다. 삼월이 가까워져 오는데도 궁궐 문 앞은 냉기로 가득했다. 치아 때문에 툭 튀어나온 입과 일자형의 눈썹 그리고 되록되록한 눈. 거울을 보면 나 자신도 저런 허황한 자만심으로 꽉 차 있지 않으리라 자신할 수 없었다.

사흘째도 궁궐 정문에 월도를 세우고 서 있었다. 왠지 그날따라 아이들은 보이지 않았다. 덕수궁 앞 광장에도 관광객들이 별로 보이지 않았다. 이럴 때 수위군을 서는 것은 힐링 그 자체였다. 고즈넉한 마음으로 궁성문 앞을 둘러보았다.

행사장은 광장이라기보다 작은 배구장만 한 크기다. 작은 마당이나 다름없다. 하루 세 번, '궁궐수문군 교대의식'을 치르는 이곳은 도심 속에 얼마 남지 않는 트인 공간이다. 그 건너에 차들이 다니는 도로가 뻗어있고 왼편으로 서울광장이 푸른 잔디를 품고 있다. 도로에는 자동차들이 쉴 새 없이 지나며 강물처럼 요동을 쳤다.

궁궐은 고색창연한 전통 건축물이라기보다는 낡은 구시대의 잔재처럼 우중충하다. 건너편에 삐딱하게 서 있는 현대건축물이 야금야금 잠식해 오고 있다. 대한제국의 열강처럼 거만해 보인다. 그들에게 수문군은 장승처럼 초라한 모습일 터이고 궁궐은 하찮은 서낭당처럼 보일 것이 뻔하다. 언젠가 궁궐도 사라지고 이 터에 빌딩이 들어설지도 모른다. 수문군들이 서 있는 이곳 대리석 바닥도 흔적 없이 사라질 것이다. 어쩌면 지금 수문군 교대 의식 행사가 진짜 역사의 마지막 궁궐 수문군 군례로 마감될지도 모르는 일이다.

다시 정신을 가다듬고 서 있었다. 우리 앞에 비둘기들이 날아와 앉았다. 규정은 여전히 휘항 안에 이어폰을 끼고 음악을 들었다. 중간중간 입술을 딸싹이며 어깨를 들썩였다. 비둘기들은 다들 발가락이 발갛게 얼어 있었다.

원래 발가락이 빨갰나.

다른 계절에는 약간 검푸른 색이거나 흰색과 검은색이 뒤섞여 있었다. 그날따라 유독 빨갛게 보였다. 동상이 걸렸나. 붉은 발가락을 보니 갑자기 목화 속의 발이 가렵게 느껴지기 시작했다.

네댓 마리의 비둘기 중에 유독 수컷 한 마리가 살집이 좋고 털이 매끄러웠다. 목 주위에 푸른빛과 옅은 보라색 털이 감겨 있었다. 날개나 몸통의 털에도 윤이 났다. 동료들의 먹이를 빼앗아 포식하는 놈이 틀림없었다. 그에 비해 암컷들은 잿빛 털에 바싹 마른 체형이었다. 몇 마리는 굴뚝에서 나온 것처럼 색이 바랬다. 지나던 두 젊은 여자가 걸음을 멈췄다.

"어머, 어머! 쟤들 좀 봐! 뭐 하는 거야?"

주위에 지나는 사람들의 시선이 모두 비둘기에게 쏠렸다.

수컷 한 마리가 목둘레를 부풀리며 부르르 떨었다. 붉은 눈빛이 한잔 걸친 것처럼 보였다. 건달처럼 양 날개를 세우고 앞쪽으로 구부린 채 구구국, 소리를 내며 암컷에게 다가갔다. 슬쩍 규정을 보았다. 여전히 음악에 취해 있었다. 수컷은 계속 건들거리며 암컷에게 수작을 걸었다. 암컷은 아무런 반응 없이 그저 머리를 위아래로 흔들다가 가끔 좌우를 한번 훑고는 다시 먹이 찾기에 정신이 없었다. 이제 수컷은 이 암컷 저 암컷 옮겨 다니며 닥치는 대로 구애를 했다. 다들 반응이 없자 마침내 통통한 암컷 한 마리를 벽으로 밀어붙였다. 양 날개를 세워 반쯤 접은 채 몸체를 꼿꼿이 세웠다. 암컷의 머리 부분을 날개로 감싸고 주둥이를 비벼댔다.

"와! 쟤들 웃긴다. 정말!"

처음 발견한 여자들이 소리를 지르며 깔깔댔다. 수컷 비둘기는 아랑곳하지 않고 거품을 문 채로 고개를 비틀어 반대편 주둥이를 비볐다.

노골적이었다. 요즘 새들은 발정기가 아닌데도 사람처럼 시도 때도 없이 욕정을 발산할 수 있을까? 의구심이 드는 순간에도 비둘기의 희롱은 계속되고 있었다. 사람의 존재를 전혀 의식하지 않았다. 신이 내려다보고 있다는 것을 전혀 모르고 행동하는 인간들처럼.

갑자기 짜증이 일었다. 비둘기뿐만 아니라 관광객들도 수문군은 안중에 없었다. 나는 맞은편 현대식 빌딩을 향해 크게 소리를 질렀다.

"정위!"

두 수위군의 위치교대가 시작되었다. 깜짝 놀란 규정은 반사적으로 구령을 받았다.

"하나, 둘, 셋, 넷!"

구령에 맞춰 월도를 들어 정위 자세를 취했다. 그제야 사람들의 시선이 우리에게로 쏠렸다. 비둘기들이 고개를 들고 무슨 일인지 두리번거렸다. 다음 구령을 넣었다.

"향 좌우립向左右立!"

나와 규정이 마주 보며 섰다. 암컷을 희롱하던 수컷 비둘기가 고개를 돌려 못마땅한 듯이 쳐다보았다. 두 눈은 여전히 붉었다. 수위군이 위치를 교대할 때 서로 오가는 중간쯤에 비둘기들이 모여 있었다. 우리가 지나가는데도 비둘기들이 빳빳하게 고개를 들고 서 있었다. 규정이 이런 건방진 새끼가, 하며 슬쩍 발길질을 했다. 수컷이 껑충 뒤로 물러나 눈을 치켜들고 째려보았다.

위치 교대가 끝나자 비둘기들은 조금 떨어진 곳에서 먹이를

찾아 종종걸음을 하고 있었다. 어느새 모여 있던 사람들도 뿔뿔
이 흩어졌다. 시간이 지나 교대할 수위군이 도착했다. 우리는 구
령에 맞춰 행사장 중앙을 가로질러 돌담길로 빠져나왔다. 길을
걷던 관광객들이 우리 뒤쪽을 보며 자꾸 웃었다. 무슨 일이 있
나? 하면서도 그냥 앞만 보고 걸었다. 계속 관광객들의 눈길이
우리 뒤를 쫓아왔다. 슬쩍 뒤를 돌아보았다. 비둘기들이 먹이를
쪼며 줄을 지어 뒤뚱뒤뚱 우리를 따라오고 있었다.

대기실에 도착했다. 규정에게 비둘기의 애정행각에 관해 물
었다.

"형님, 전 남의 섹스에 전혀 관심이 없습니다. 몇 달 굶어서 나
도 힘든데 남 섹스까지 신경 쓸 여유가 어디 있습니까?"

진지한 표정으로 눈을 부라리며 손동작을 했다.

"그래 너 잘 났다. 이 느려터진 새끼야! 연기나 잘하면서 그딴
동작이나 해. 도대체 네가 잘한 것이 뭐야?"

"아이, 왜 그러세요. 전 다른 것은 몰라도 옷 벗는 것 하나는
자신 있습니다, 흐흐."

대화를 꺼낸 자체가 잘못이었다. 규정에게 다가가 재빨리 휘
항을 들췄다.

"어, 없네? 분명 끄덕였는데……."

"하하, 형님. 왜 그러십니까? 저는 수문군 규칙을 확실히 지키
는 우수 수문군입니다. 절대 음악을 듣지 않죠. 내 머리 자체가

그냥 음악입니다."

　대기실로 오는 중에 감춘 것이 틀림없었다. 다음에 확실한 증거를 확보하는 수밖에 다른 도리가 없었다. 행사복을 벗고 대기실을 빠져나와 벤치에 앉았다. 아침보다 훨씬 따뜻했다. 날씨가 하루가 다르게 변하고 있었다.

만남

 덕수궁의 봄은 먼저 노란 산수유꽃으로 얼굴을 드러낸다. 매화와 살구꽃도 앞다투어 피어난다. 사과나무는 하얀 다섯 장의 꽃잎을 빈 허공에 올려놓는다. 모과나무꽃은 봉숭아 물들인 소녀의 손톱처럼 앙증맞다. 라일락꽃도 봄의 공간을 조금씩 차지하기 시작한다. 그늘 쪽의 라일락꽃보다 양지쪽 꽃이 먼저 피고 향기도 진하다. 하늘은 옅은 초록색이고 날씨는 온화하다. 점심 식사 후에 벤치에 앉아 가만히 봄의 흐름을 감상하는 날이 점점 늘어났다.

 새로운 한 주가 시작되었다. 이번 배역은 월도다. 수문군에서는 간편하게 오방기를 든 수문군을 오방, 주장봉을 든 수문군을 주장 그리고 월도를 든 수문군을 월도라 불렀다. 그날도 궁궐수문군 교대의식을 진행했다. 포토타임이 되었다. 수문군들은 정렬을 한 후에 조각상처럼 서 있었다. 바로 눈앞의 관람객 속에 한 여자가 나를 보고 있었다. 몸속에 흐릿하게 남아 있는 기억의 자침이 그녀임이 틀림없다며 흔들리기 시작했다. 누가 먼저랄 것도 없이 눈인사를 나눴다. 생머리는 어깨 근처까지 내려왔고 얼굴은 어릴 때처럼 여전히 갈색이었다.

그녀가 웃었다. 그녀가 웃자 하얀 이가 드러났다. 갈색 얼굴에 하얀 이가 눈부시게 빛났다. 그녀가 밝게 웃으며 기억 속으로 들어와 소녀로 바뀌었다. 소녀는 언제나 깔깔깔, 한없이 웃었다. 소녀는 얼굴과 몸 전체가 하나가 되어 웃었다. 웃음이 허공 속으로 방울이 되어 날았다. 어지러웠다.

서경은 옆에 서서 셀카봉을 내밀며 여전히 웃었다.

"칼이 잘 어울리네. 그런데 그 칼 진짜지?"

그녀는 어린아이처럼 호기심을 보였다.

"아 참, 말을 못 하지."

그녀는 또 웃었다. 나는 조각상처럼 선 채 살짝 미소를 지었다. 그런데 그녀가 포토타임 안으로 들어서자 묘한 느낌이 온몸을 울리고 지나갔다. 무엇이라고 딱 꼬집어 말하기는 어려웠다. 그 시간은 이전에 생각했던 그런 추상적인 시간이 아니었다. 그녀를 만난 순간 확실히 알 수 있었다. 언젠가 이런 시간이 오리라 예감했다는 것을.

"덕수궁에 자주 오는데 최근에 네가 여기 있는 걸 알았어."

순서대로 사진을 찍으려는 관람객들이 그녀에게 눈치를 주었다. 그녀는 얼른 셀카봉을 내리고 관람객들 뒤로 가서 줄을 섰다. 다시 그녀 차례가 되었다. 그녀는 셀카봉을 들어 올리며 말했다.

"오늘 점심때 시간 어때? 괜찮으면 지금 이곳에서 보자?"

고개를 끄덕였다.

점심시간에 그녀와 만났다. 우리는 횡단보도를 건너 서울광장 쪽으로 걸어갔다.

"어디로 가는데?"

혹 멀리 갈까 걱정이 되었다. 기본복만 입고 멀리 가는 것이 부담스러웠다.

"그냥 따라와 봐."

그녀가 간 곳은 시청 뒤편의 식당이 많은 골목이었다. 그녀는 한 식당 앞에 멈췄다. 풋, 웃음이 나왔다. 간판에 '매생잇국 전문' 이라 쓰여 있었다.

"왜? 매생잇국 안 좋아해? 야, 네가 좋아할 거 같아 일부러 여기까지 왔는데……."

그녀는 눈을 크게 뜨며 쳐다보았다. 고개를 흔들었다.

"아니야. 좋아해."

의외였다. 그녀는 이런 바닷가 음식을 별로 좋아하지 않으리라 생각했다. 촌것들은 어디를 가더라도 꼭 티를 낸다는 말이 입속에서 맴돌았다.

"그렇지? 좀 촌스럽지?"

속마음을 읽은 듯 그녀가 말했다. 우리는 탁자에 앉아 서로를 마주 보았다.

"무슨 일을 하는데?"

그녀가 하는 일이 궁금했다.

"그냥 도서관에 다녀. 책이 좋아서."

부러웠다. 오십 중반인데도 아직 하고 싶은 것을 마음대로 못 하는 자신이 부끄러웠다. 그녀가 나를 올려다보았다.

"지금도 책 좋아해?"

그냥 웃었다. 초등학교 때 고전 읽기 반 활동을 말하는 눈치였다.

그 시절에는 한 반에 남녀 한 명씩 고전 읽기 반에 뽑혀 옛날 이야기를 소리 내어 읽었다.

"좋아했는데 사지 않은 지 꽤 오래되었어. 요즘은 책을 거의 읽지 않고 인터넷으로 모든 것을 보잖아. 더구나 여기 수문군에서 일하면 책 읽기 힘들어."

마지막으로 읽었던 종이책이 언제였는지 아득했다. 그녀는 뭔가 아쉬운지 살며시 웃었다. 오히려 그녀가 말채나무 아래서 무슨 책을 읽는지 더 궁금했다. 그때 매생잇국이 나왔다.

파란 매생이가 뜨거운 국물에 흥건하게 퍼져 있었다. 어린 시절의 추억처럼 김이 몽글몽글 피어올랐다. 고향 앞바다에 선 듯 향긋했다. 숟가락으로 한 입을 떠넣자 국물이 목을 타고 주르르 흘렀다. 짭조름했다.

"어때 맛있지?"

그녀는 동의를 얻어야 한다는 듯이 빤히 쳐다보았다. 고개를 끄덕이며 얼른 밥부터 한 숟가락을 떴다. 교대의식이 끝나면 항상 배가 고팠다. 그녀도 국물을 마시며 개운한 표정이었다.

이렇게 만난 것이 참 신기하다는 듯이 그녀가 나를 보며 눈을 반짝였다.

"나 처음 보았을 때 무슨 생각을 했어. 묘한 표정을 짓던데?"

그냥 뭐, 아무 생각하지 않았다며 얼버무렸다.

"아니, 그러지 말고 얘기 좀 해 줘. 너 문학 소년이었잖아?"

그제야 그녀를 만났을 때 느낌이 무엇인지 알 것 같았다. 고향의 송내에 뛰어오르던 은어를 보았을 때 그 기분이었다. 해마다 오월이면 등하굣길에서 송내를 거슬러 오르는 은어 떼를 만났다. 서경은 은어가 파닥일 때마다 발을 동동 구르며 어쩔 줄 몰라 했다. 그런데 포토타임에서 만난 서경은 아직 어른이 되지 않은 은어다. 망망한 바다에서 떼로 몰려다니다 어딘가에서 서로 마주친다.

'어, 하며 알은체를 한다.'

'언제 고향 갈 거니?'

'얘, 하나도 변하지 않았네.'

'언제 한번 보자.'

얘기를 듣던 그녀는 고개를 뒤로 젖히며 웃었다. 그녀의 지나친 활달함에 잠시 식당 안 다른 손님들의 눈치를 살폈다.

"하긴 고향이 같은 사람들은 어디서 만나도 뭔가 끌어당기는 것이 있어. 고향 인자가 따로 있나 봐."

그녀는 여전히 웃으며 말했다.

가끔 동창회에 나가면 왠지 친구들의 표정이 다들 비슷비슷했다. 어쩌면 사람의 얼굴은 자기가 살았던 곳의 다른 표정일지도 모르겠다는 생각이 그때마다 떠오르곤 했었다.

매생잇국을 한 그릇씩 싹 비웠다. 땀이 송골송골 맺혔다. 그녀는 묻지도 않고 매생잇국 하나와 공깃밥을 시켰다. 약간 배가 고팠지만 괜찮다며 손사래를 쳤다. 그녀에게 궁색하게 보이기 싫었다. 그녀는 기어코 한 그릇을 더 시켰다. 식당을 나오면서 그녀처럼 마음껏 웃지 못하는 자신이 조금 못마땅했다.

우리는 왔던 길을 다시 걸어 덕수궁으로 향했다. 부른 배도 가라앉힐 겸 조금 걸을 생각이었다. 궁궐 문턱을 지났다. 언뜻 내 뒤로 과거로 들어서는 두 낯선 그림자가 느껴졌다.

수문군 행사를 끝내고 가게로 와 아내와 교대를 했다. 멍하니 컴퓨터를 보며 시간을 보내다가 열 시쯤에 문을 닫고 집으로 돌아왔다. 아내도 하영도 자고 있었다. 아들은 아직 아르바이트하는 시간이었다. 가볍게 몸을 씻고 맥주를 꺼내 식탁에 앉았다. 티브이를 켜고 채널을 이리저리 돌렸다. 볼만한 프로가 없었다.

조용히 방문을 열었다. 숨소리가 조용했다. 아내의 옆에 나란히 누웠다. 여전히 아내는 아무런 반응이 없었다. 천천히 아내의 가슴을 쓰다듬었다. 아내가 잠에서 깨었다.

"왜 그래? 피곤한데 자지 않고?"

아내의 가슴에 머리를 묻었다. 아내의 살냄새가 콧속으로 스며들었다.

"아, 좋다. 오랜만에 느껴보네."

어둠 속이지만 여전히 어리둥절한 아내의 모습이 그려졌다.

아내의 살냄새에 취해 내 몸은 천천히 꿈틀대기 시작했다. 몸 속에 가라앉아 있던 욕망의 덩어리가 데워지면서 온몸으로 구석구석 퍼져나갔다. 탱탱해진 아내의 몸을 만질 때마다 작은 신음이 새어 나왔다. 어느새 아내의 입술은 나의 목을 타고 아래로 내려가고, 내 손은 아내 허벅지를 거쳐 오르며 가슴을 쓰다듬었다. 아내는 나의 배꼽을 지나 뿌리를 물고 낚시에 걸린 물고기처럼 요동을 쳤다. 내 목 깊은 곳에서 낮은 탄성이 새어 나왔다. 아내도 거친 숨을 내 귀에 뿜어댔다. 몸 깊은 곳에서 끓던 덩어리가 아내의 깊은 곳을 향하여 물줄기를 힘차게 내뿜었다. 아내의 숨죽인 짧은소리가 내 목소리인 양 귓가에 울렸다. 아내가 가쁜 숨을 내쉬었다.

잠시 후에 아내가 돌아누웠다.

"당신, 다른 여자 생각했지?"

아내의 말이 꿈속처럼 아스라이 들렸다.

발차는 직업

수문군의 일상은 반복의 연속이었다. 아침에 세팅한 후 연습을 한다. 그리고 한 번 행사할 때마다 두 번씩 같은 동선을 따라 같은 동작을 반복한다. 하루에 세 번 교대의식을 하니 총 여섯 번, 아침 연습까지 합하면 하루에 일곱 번이나 같은 자리에서 같은 동작을 한다. 일주일에 엿새를 하니 전부 마흔두 번이다. 그 정도면 아무리 어수룩한 사람도 틀리려고 해도 틀릴 수가 없다.

몇 달 쉬었다가 다시 오는 사람들에게 할 수 있겠느냐고 물으면 다들 씩, 웃었다.

"지금은 몰라도 그 자리에 가면 몸이 알아서 반응할 겁니다."

또 하나 신기한 것은 행사 중에 잠깐만 딴생각을 해도 그냥 눈에 확 띄었다. 여섯 명이 동시에 같은 동작을 하는데 한 명이 조금만 늦게 움직이면 그냥 표시가 났다. 딴생각 중이라고 자백하는 꼴이었다.

　어느 정도 수문군 생활에 익숙할 즈음에 나이 든 수문군들과 술자리가 있었다. 조직의 속사정도 알아보고 새로 들어온 사람으로서 인사치레도 할 겸 마련한 자리였다. 쉰 살이 넘은 사람들이 여섯 명이나 되었다. 대부분 결혼하지 않은 사람이었다.

　"원형 씨는 여기 누구 소개로 들어왔어요?"

　주서 배역을 맡는 황병욱이었다. 술을 한 잔씩 따르고 건배를 한 후였다.

　"친구 소개로 왔습니다."

　"친구요? 친구가 뭐 하시는 분인데요?"

　왜 그러지? 빤히 그를 쳐다보았다.

　"한국고전무용 교수인데 그런 거까지 얘기해야 하나요?"

　주서 황이 움찔했다. 면접 때도 마 부장에게 비슷한 뉘앙스의 얘기를 들었는데 무엇이 잘못되었나.

　"아니, 대표이사와 친구라는 말이 있어서 그렇습니다."

　주서 황의 옆자리에 앉은 수문장 양건호가 대신 말했다.

　대표이사가 자기 친구면 그 조직에 누가 들어오려 할까. 나 같으면 들어오지 않을 것 같은데, 이 사람들은 나하고 생각이 상당히 다르네. 속으로만 중얼거렸다. 뭔가 내가 모르는 속사정이 있는 모양이었다. 수문군이라는 직업이 좋은 조건이나 환경도 아닌데 남의 배경에 신경을 쓰는 것이 의아했다.

궁궐 수문군에 오게 된 것은 우연한 일이었다. 지난해 십이월이었다. 수능을 마친 아들의 아르바이트 자리를 구하고 있었다. 연말이 다 되어 교수로 있는 승현에게서 연락이 왔다. 궁궐 수문군 자리였다. 그사이에 이미 아들은 다른 아르바이트를 시작했다. 사정을 말하고 전화를 끊었다. 시간이 지날수록 내가 대신 가면 어떨까 하는 생각이 꾸역꾸역 일어났다. 몇 번을 망설이다가 다시 승현에게 전화했다. 그도 뜬금없다고 생각하는지 대답이 없었다. 그렇게 덕수궁 수문군이 되었다.

얘기를 나누다 보니 이곳 수문군에 들어오는 사람들은 거의 알음알음으로 들어왔다.

"이 형은 나이가 어떻게 되나요?"

수문장 양이 물었다.

"00년생입니다."

양이 고개를 끄덕였다.

"그럼 황 주서가 두 살 더 많네. 두 살 터울이면 황형을 깍듯이 모셔야겠네요."

수문장 양이 나를 지그시 쳐다보았다. 받아들이라는 눈빛이다. 바로 대답하지 않았다. 아무한테나 형이란 호칭을 붙이기는 싫었다.

'나이 오십에 무슨 형이니 동생이니 이럽니까. 다들 서로 존칭하는 것이 좋지 않겠어요?'

이 말이 머릿속에 맴돌았지만 선뜻 입 밖으로 내놓을 수 없었다. 싹수없는 놈이라 찍힐 것이 뻔했다. 알았다고 말하고 싶었지만 왠지 처음부터 저자세를 취하기는 또 싫었다.

"형이라고 했는데 나중에 알고 보니 동갑이거나 같은 학번인 거 아니죠. 그때 가서 뭐, 초등학교를 아홉 살에 들어갔다거나 그런 말 하면 곤란합니다."

아무래도 짚고 넘어가야 할 것 같았다. 주서인 황이 씩 웃으며 자기는 확실히 나보다 나이가 두 살 위라며 주민등록증을 꺼내려 했다.

"뭐, 꼭 그럴 필요까지 있습니까. 형이라면 그렇게 불러야죠. 하여튼 수문군 생활 잘 부탁합니다."

두 사람의 사이가 정리되자 수문장 양이 그사이에 끼어들었다.

"나는 황형보다 두 살 더 많아요, 원형 씨. 잘 지내도록 해요."

바로 말을 놓았다.

수문장 양은 차분하면서도 조곤조곤하게 말하는 성격이었다. 수염을 붙이고 수문장 복장을 하면 눈빛이 날카로웠다. 비록 역할이지만 상대를 주눅 들게 했다. 실제로 연기 경력이 꽤 있다는 소문이 있었다..

"황형은 육 년째 주서만 죽 맡은 덕수궁 터줏대감이지요."

수문장 양은 주서 황을 추켜세웠다. 아직 정확히 수문군 조직의 분위기를 알 수는 없지만 주서와 수문장은 이제 갓 들어온 나에게는 까마득히 높은 배역이었다. 문관과 무관인 덕수궁 양대 수장이 앞에 앉아 있으니 조금 주눅이 들었다. 비록 역할이라고 하지만 현실과 아주 다르게 느껴지지 않았다. 얼른 술을 한 잔 털어 넣었다.

그동안 함께 하면서 몇 가지 마음에 걸린 것들을 물었다.

"아니, 그런데 나이도 어린 녀석들이 여기 오래 있었다고 새로 온 사람들을 그렇게 함부로 대해도 되는 건가요?"

아무리 규율이 있는 조직이라고 해도 실제 군대도 아니고 사회조직인데 그들이 거들먹거리는 것이 눈에 제일 거슬렸다. 한 달 동안 당한 것을 생각하면 괘씸했다.

"예, 이곳은 군대와 조직이 거의 비슷합니다. 짬밥이 우선인 거죠. 그래도 지금은 매우 좋아졌습니다. 예전에 저 들어왔을 때는 나이 먹은 나한테도 어이, 저기요, 하고 불렀어요."

수문장 양의 말을 들으니 더 어이가 없었다. 그런 말을 듣고 가만히 있었느냐고 물었다.

"목구멍이 포도청이죠. 일단 싸움이 벌어져 문제가 생기면 둘다 그만두어야 하니까요."

저런 눈빛을 가진 사람도 목구멍이 포도청이라 참는다는 것이 현실처럼 느껴지지 않았다.

얘기를 나눠 보니 수문군 구성원들의 성향을 어느 정도 파악할 수 있게 되었다. 나이 든 수문군들은 이곳을 마지막 직장 개념으로 생각했다. 열심히 하는 사람도 있지만 거드름을 피우는 사람들이 대부분이었다. 자기한테 이로운 것은 당연히 받아들이고 불리한 것은 나이를 따졌다.

젊은 사람들은 그들 나름대로 이곳을 마음에 들어 하지 않았다. 그들은 직장보다는 잠깐 스쳐 가는 아르바이트 개념으로 생각했다. 그렇다고 특별히 다른 곳에 갈만한 여건이나 능력도 되지 않았다. 딱 자기 할 일만 했다. 더 많은 일을 시키면 짜증을 냈다.

마지막으로 이곳 수문군에서 십 년 가까이 근무한 사람들이었다. 이곳 사정에 빠삭했다. 그들은 대부분 말만 많고 행동은 가장 굼떴다. 잽싸게 쉬운 일에 줄을 섰고 그것을 아주 고급 기술처럼 뼈겼다. 한마디로 군대 말년 병장처럼 굴었다.

수문군에서 가장 영향력이 큰 사람은 단연 마 부장이었다. 마 부장은 날마다 벌컥벌컥 화를 냈다. 외부에서는 덕수궁 수문군의 총책임자면 품위 있는 전문인으로 생각하겠지만 대기실에서 하는 행동은 거의 노가다 십장 수준이었다. 그렇지만 이곳에서 한 달 정도 생활하다 보니 그를 이해할 수 있을 것 같았다. 저렇게라도 하지 않으면 이 조직이 제대로 돌아갈까 하는 의구심이 들었다.

술을 마셨더니 한 달 동안 마음에 쌓인 것이 그대로 흘러나왔다.

"그런 정신 상태면 다들 여기를 그만두어야죠."

"어, 원형씨 상당히 쎈데!"

옆에 있던 주서 황이 놀란 듯이 나를 보았다.

고민할 필요도 없는 일이었다. 조직이나 사회를 위해서 개인의 무고한 희생을 원하는 것은 아니었다. 기본적인 것은 지켜야 하고 기본질서를 지키지 않는 사람들은 감싸줄 필요가 없다고 생각했다.

"백수를 하는 것보다 여기라도 있는 것이 그래도 나으니까 그런 거죠."

주서 황이 아직 말을 놓지 않은 채 살짝 웃으며 얘기했다.

"그러니까 하는 말이죠. 여기 붙어 있는 것이 더 나으면 조직의 규칙에 따라야죠."

말을 더듬거리지 않는 것이 아무래도 술기운 때문인 모양이었다.

"여기서 일하면 손해라는 생각들이 다들 가득 차 있어요. 그냥 일은 하지 않고 어영부영하는 애들이 대부분이고. 그러니 마 부장님이 날마다 화를 내죠."

수문장 양이 중립적인 입장처럼 말했다.

"그런데 마 부장님은 왜 오지 않았나요? 같이 술 한잔했으면 좋았을 텐데?"

양과 황을 동시에 바라보았다.

"부장님은 선약이 있어서 못 오셨네요."

양이 조용히 말했다.

그러나 술을 마실수록 한 달간의 생활이 다시 떠오르며 분한 생각이 부글부글 끓었다.

"원형 씨! 이제 우리 형들만 믿어요. 우리들이 뒤에서 도와줄 테니 걱정하지 말고. 그리고 이제 말 놔도 되지?"

주서 황이 능글능글 웃으며 어느새 말을 놓기 시작했다.

다음 날이었다. 어젯밤 술에 취해 쓸데없는 말을 했다는 생각에 마음이 칙칙했다. 평상시처럼 아침에 조회하고 세팅한 다음에 예행연습을 했다. 수문장이 북을 치고, 그 박자에 맞춰 각자 제 위치에 섰다. 자신의 위치에 서서 발을 차며 구령에 따라 동작을 했다. 다들 매일 하는 일이라 열의 없이 건성건성 했다.

"오른발, 오른발!"

장 팀장이 앞에서 크게 소리를 쳤다. 아직도 오른발에 박자를 맞추는 것이 어색했다. 처음에는 뭐, 이런 당나라 군대가 있지? 오른발에 박자를 맞추는 군대가 역사상 지구에 존재했나? 하는 의심부터 들었다. 조선 수문군이 오른발에 박자를 맞췄다는 사실을 도저히 받아들일 수 없었다. 사극에서도 본 적이 없었다. 나중에 인터넷으로 정확히 알아봐야겠다고 생각했다. 오십 년을 넘게 왼발에 박자 개념이 붙어 있는 내 생각을 바꾸기보다는 이 조직의 오른발 박자 개념을 돌려놓겠다는 마음이 꾸물꾸물 피어났다.

스무 번을 넘게 발을 차고 있으면 지구 모형 위에 서 있는 기분이 들었다. 점점 시간이 지날수록 지구 축이 기울어지듯 몸의 중심이 스르륵 무너졌다. 고정된 왼발을 한 번 움직여 몸의 중심을 잡은 후 계속 발을 찼다. 겨울 날씨인데도 얼굴에 땀이 맺혔다. 입김이 하얗게 하늘로 피어올랐다. 문득 살다가 별 이상한 곳까지 흘러왔다는 생각이 자꾸만 머릿속으로 미끄러져 들어왔다. 바로 엇박자가 나며 어느새 왼발에 박자를 맞추고 있었다. 그때마다 장 팀장의 화난 목소리가 날아왔다.

"오른발 더 높이! 아침부터 왜 이렇게 힘이 없어요. 힘 좀 내요, 힘!"

예행연습이 끝나자 장 팀장이 다가오더니 넌지시 으름장을 놓았다.

"원형 씨. 아직도 박자를 잘 못 맞춰요? 신경 써요."

돌아가는 장 팀장의 뒤통수가 왠지 볼록하니 튀어나와 보였다. 뒤통수를 한 대 갈겨주고 싶었다. 점점 짧아지는 그의 혀가 목 안으로 감길까 걱정되었다.

때마침 문환이가 다가오며 밝게 웃었다.

"힘드시죠? 그래도 발차는 직업은 세상에서 오직 우리뿐입니다."

역설인지 아니면 처음부터 긍정적인 사고를 가지고 태어났는지 헷갈렸다. 어느 조직에나 꼭 이런 친구가 한 명씩 존재했다.

"그런데 원래 조선 시대에는 박자를 오른발에 맞췄나요?"

문환은 자기도 확실히 몰랐다. 교대의식 초기부터 그렇게 했다는 말만 했다. 앞에 마 부장이 걸어가고 있었다. 넌지시 마 부장에게 물었다. 그는 생뚱맞은 질문이라는 듯이 뒤돌아보았다.

"『무예도보통지』에도 오른발로 차는 것이 나올 겁니다. 저도 나중에 자세히 알아봐야겠네요."

마 부장은 '궁궐수문군 교대의식'은 고증에 기초해서 만들었다고 덧붙였다.

나중에 누구 하나 그것에 대해 다시 얘기하지 않았다. 교대의식이 진행되는 순간에는 끝나고 꼭 찾아봐야지 하고 굳게 마음을 먹었다가도 교대의식을 마치고 행사복을 벗으면 까맣게 잊어버렸다. 대기실에 오면 무조건 쉬고 싶었다. 그리고 쉬는 시간은 짧았다. 의자에 앉자마자 어느새 다음 행사 시간이 다가왔다. 다시 부랴부랴 준비를 하고 행사를 치른 후 세팅했던 기물들을 철수하다 보면 벌써 하루가 지났다. 나중에는 『조선무예통보』인지 『무예도보통지』인지마저 가물거렸다.

말하고 싶지 않은 이야기

내일은 윤이 입대하는 날이다. 하영을 제외한 세 가족이 함께 저녁 식사를 했다. 아들은 그동안 친구들과 송별회를 한다는 핑계로 가족과 식사 자리를 피했다. 아버지인 나뿐만 아니라 아내와도 말을 섞지 않으려 했다. 입대 하루 전날 되어서야 비로소 저녁을 같이하게 되었다.

윤은 누나를 싫어했다. 게다가 수능에 실패했다. 이런 것들이 복합적으로 작용해 아내에게 싫은 표정을 그대로 나타냈다. 입대를 앞둔 터라 식사 내내 분위기가 침울했다.

다음 날 군부대로 가는 차 안에서도 아들은 아무 말이 없었다. 조용히 몰래 내쉬는 한숨만 간간이 들렸다.

"엄마가 우리 아들 보고 싶으면 어떻게 해야 하지? 토요일마다 면회 가도 되지?"

아내는 어색한 분위기를 바꾸려 평소보다 말이 많아졌다. 아들은 아무 말도 하지 않고 스마트폰만 보았다. 나는 초행길 운전에 집중하는 척했다. 마지막 부대 앞에서 점심 식사를 할 때도 분위기는 마찬가지였다. 입소 시간까지 한 삼십 분 정도 남았다.

"미쳐버리겠네. 강제로 끌려가는 기분이야!"

아들이 나를 보았다. 무슨 말을 해주길 바라는 눈빛이었다. 별다른 말을 해줄 수 없었다. 이럴 때는 어떤 위로의 말도 필요치 않았다.

삼십여 년 전에 나 또한 같은 처지였다. 지금은 거의 모든 입대자가 가족과 함께 오는 분위기로 바뀌었다. 그때는 대부분 혼자거나 친구들과 함께 왔다. 그때 마음이 지금 아들 녀석과 똑같았다. 하지만 무슨 말이라도 해야 했다.

"힘들어도 조금 참아라. 시간은 금방 간다. 이런 말 하면 생뚱맞을지 모르지만 군대 제대하고 나서가 더 힘들다. 군대야 고작 이십몇 개월만 버티면 끝나지만 제대 후에는 막막한 앞날이 끝없이 펼쳐진다."

그 자리에서 할 말은 아니었다. 우리 대화가 어색하게 들렸는지 아내가 끼어들었다.

"우리 아들은 적응 잘할 거야. 엄마는 믿어. 아들 파이팅!"

아내는 아들과 손뼉을 마주치려했지만 아들이 한 박자 늦게 손을 들자 빗나가고 말았다. 입소 시간이 되자 부대 입구 쪽으로 장정들이 우르르 몰려갔다. 우리 가족도 혹 늦으면 무슨 피해나 받을까 싶어 얼른 일어났다. 천천히 걸어가는데 아들이 그제야 생각난다는 듯이 한마디 했다.

"아, 포카리스웨트 한 모금만 마시고 싶다!"

주위를 둘러보니 길 건너편에 편의점이 보였다. 그런데 횡단보도를 건너야 했다. 나는 그냥 아들이 지나는 말로 한 것으로 간주했다. 갑자기 아내가 막 신호등이 바뀐 횡단보도를 뛰어갔다. 입소자들은 계속해서 부대 정문으로 몰려갔다. 입대 예정 시간은 아직 몇 분 더 남아 있었다. 부대 정문에서는 기간병들이 계속 빨리 입소하라고 소리치고 있었다. 아내가 막 편의점 안으로 들어갔다. 아들도 길 건너편을 보다가 포기한 듯 돌아섰다.

"아버지, 잘 다녀오겠습니다."

얼른 아들을 불러 세웠다.

"엄마 보고 가야지."

아들은 그냥 됐어요, 하며 입대자들과 함께 어느새 저만큼 걸어갔다. 고개를 돌려 아내가 어디쯤 왔나 보았다. 그제야 아내가 검은 봉투를 들고 횡단보도 건너편에 서 있었다. 잠시 후, 파란 신호로 바뀌자마자 막 뛰어왔다. 이미 아들은 부대 정문에 거의 다 도착했다. 우리 쪽을 돌아보지 않고 빡빡머리들 사이로 물고기가 헤엄치듯 흘러갔다.

"아, 얼굴 좀 한번 보여주고 가지, 섭섭하게."

돌아오는 차 안에서 아내는 계속 마음에 걸리는 모양이었다.

"음료수 한 잔 못 먹였는데 들어가 버리네."

시간이 지나도 여전히 서운해했다.

돌아오는 길은 입소하러 올 때보다 훨씬 더 멀게 느껴졌다. 시간이 천천히 축 늘어져 흘렀다. 아들에게 주려고 샀던 포카리스웨트도 지루한 듯 조수석에서 뒹굴고 있었다. 오랜만에 부부가 한 공간에 있는 것이 꿈처럼 아득했다.

"당신은 지금 기분이 어때?"

아내는 자기 마음과 같은지 알고 싶은 눈치였다.

"시간은 금방 가. 언제 입대했는지 생각도 나지 않을 정도로 빠르게 지나버려."

사실 지금이 좋다. 당분간 아들과 딸이 서로 집에서 부딪힐 일도 없다. 아들이 집에서 뒹구는 모습을 보지 않아도 된다. 갑자기 늙은 부부가 아들과 딸들을 다 결혼시킨 뒤에 느끼는 기분이 아마 이런 것이 아닐까 하는 생각이 들었다. 아내에게 말하면 이기적이랄까 싶어서 그냥 참았다.

"아까 윤이 기분이 상할까 봐 말하지 못했어."

아침에 무슨 일이 있었다는 것을 직감적으로 눈치챘다.

아침 식사를 하고 잠깐 집을 나왔다. 운전하면서 필요한 화장지와 생수병 등을 준비하고 지하 차고에서 차를 빼놓았다. 아주 짧은 시간이었는데 다시 왔을 때 무엇인가 싸하니 분위기가 이상했다. 설마 하면서도 떠날 준비에 바빴다.

"아침에 하영이 화장실 가려고 자기 방에서 나오다가 거실에서 윤이와 부딪혔어. 불쌍한 새끼, 군대 가는 날 아침까지 누나한테 얼굴을 할퀴다니!"

딸은 외마디 소리를 지르며 아들에게 달려들어 목을 움켜잡았다. 딸의 기세에 눌린 아들이 두 손으로 막았다. 딸은 무지막지한 힘으로 아들의 얼굴과 목을 할퀴었다. 화가 솟구친 아들이 딸을 밀어붙이며 쌍욕을 내뱉었다.

"무서웠어. 윤이 그렇게 심한 말을 할 줄을…… 얼굴이 그렇게 험악하게 변한 것이 평소 우리 아들이 아니었어. 얼마나 누나를 증오하는지 얼굴에 그냥 씌어 있었어. 세상에 그렇게 심한 말을…… 그래도 누나인데."

아무 말 없이 운전에 집중하는 척했다.

"제대하면 무조건 따로 살게 해야 해. 이렇게 같이 살다가 가족, 네 명 다 제 명에 못 살아."

나는 오래전부터 몇 번이나 그렇게 해야 한다고 주장했다. 그때마다 아내는 아들과 나만 따로 나가서 살라며 울었다.

"대학교 못 들어간 것이 문제가 아니라 이런 환경에서 저만큼 컸다는 것 자체가 신기한 거지. 그런 것도 생각지 않고 우리 욕심만 생각해 다그치기만 했지."

아내는 또 엄청난 깨달음을 얻은 듯이 말했다. 이런 일이 생길 때마다 왠지 그때만 호들갑을 떠는 아내의 말에 이미 마음이 무뎌진 상태였다.

"그러면서도 아무 내색하지 않고 가네. 당신과 내가 싸울까 봐."

하영은 언제 어떤 상황에서 돌발 사태를 일으킬지 예측할 수 없었다. 윤이 입대하는 것은 그에게 아무런 상관도 없었다. 급하게 화장실을 가야 하는데 극도로 싫은 사람이 거기 서 있었다. 딸 입장에서는 물리쳐야 할 존재였다. 하지만 아내는 하영이 난리를 칠 때마다 하루 이틀 정도 요란을 떨 뿐 언제 그랬냐는 듯 쉽게 잊고 말았다.

나는 아침 식사를 할 때도 하영의 방이 신경 쓰였다. 우리가 거실에서 시끄럽게 하면 딸은 처음에는 작은 목소리로 신호를 보냈다. 그래도 조용하지 않으면 점점 소리가 커졌다. 더 참지 못하면 문을 열고 밖으로 튀어나왔다. 그다음에 거슬린 사람에게 달려들었다. 상대는 대부분 나와 아들이었다.

식사 후에도 아내와 아들에게 가능한 거실에서 얘기하지 말라고 주의를 시켰다. 하지만 둘은 설마 오늘 같은 날 하영이 난리를 칠 거라고 생각지도 않은 눈치였다. 아니나 다를까 일이 벌어졌다.

차를 몰고 집으로 돌아오는 길은 먼 사막을 걸어서 오는 것처럼 서걱서걱했다.

설상가상

파장은 다음 날까지 계속되었다. 딸은 밤 내내 울다가 그치기를 반복했다. 잠을 설친 채 아침 일찍 가게로 나왔다. 딸이 소리를 지르고 달려들면 무슨 일이 벌어질지 나 자신을 믿을 수 없었다. 한 시간 정도 계산대에 머리를 기대고 눈을 붙였다. 얼굴도 씻지 못하고 밥도 먹지 못한 채 출근을 했다.

조회를 마치고 광장에 세팅을 하는데 장 팀장이 다가왔다.

"원형 씨! 오늘 구령이요."

빤히 장 팀장을 쳐다보았다.

"제가? 구령을요?"

왠지 일부러 나를 갈구려 한다는 생각만 머릿속에 가득 찼다.

'주장으로 바뀐 지 얼마나 되었다고 벌써 구령이야. 아직 주장 배역의 위치도 헷갈리는데.'

짜증이 났다. 구령은 오래된 선임이나 하지 나와 아무 상관없는 먼일처럼 생각했다. 처음 이곳에 와서 겪었던 일들이 다시 떠올랐다. 뭔가 또 한 번의 먹구름이 몰려오는 듯싶었다.

"왜? 그것도 못 해요?"

장 팀장이 비아냥댔다.

"아직은 힘들 거 같은데요."

그가 빙글빙글 웃으며 나를 쳐다보았다. 그의 눈동자에는 오호, 그런 것도 못 한단 말이지 하는 자막이 지나갔다. 거부하면 이곳에서 오래 버티지 못할 것이 뻔했다. 그렇다고 오늘은 딸 때문에 마음이 심란하니 다음으로 미뤄달라고 할 수는 없었다.

"그러면 한번 해 보겠습니다."

마지못해 대답했다. 장 팀장은 씩, 웃더니 돌아서며 큰소리로 양기진을 불렀다.

"야, 구령 연습시켜!"

수문군은 궁궐 문을 지키는 수위군과 궁궐을 순찰하는 교대군으로 구성되어 있다. 편의상 수위군을 일대, 교대군을 이대로 부른다. 각 대는 총 열 명이다. 수문장(수문장청의 종6품 무관)과 참하 그리고 수장기와 청도기가 각각 한 명, 거기에 월도 두 명과 주장 네 명이다.

교대의식이 시작되면 일대 수문군이 궁궐 문으로 진입해 수위군 진형을 갖춘다. 그다음 순찰을 하던 이대 수문군이 교대하러

광장으로 들어온다. 이때 치르는 의식이 '궁궐수문군 교대의식'
이다.

처음 일대인 수문군이 궁궐 문으로 진입할 때에 북 대신 구령
으로 박자를 맞춘다.

구령은 네 단계다.

첫 단계는 행사장인 광장 끝에 서서 진형을 갖출 궁성문을 향
해 출발할 때다. 구령자가 오른발에 맞춰 출ㅂ, 하나, 둘, 셋, 넷!
하고 외친다.

두 번째 단계는 광장 중앙으로 나가면서 각자 정해진 자리에
설 때까지다.

그때 구령자는 하나! (한 박자 쉬고), 둘! (한 박자 쉬고), 셋!
(한 박자 쉬고), 넷! (한 박자 쉬고), 그다음 연속해서 하나, 둘,
셋, 넷을 외친다. 정해진 자리에 서서 구령에 맞춰 오른발을 차고
있으면 참하가 '정위'하고 외친다. 그때 구령자가 '둘, 셋'을 외치
면 각자 제자리에 멈춘다.

그 자리에서 정위 자세로 '궁궐수문군 교대의식'의 한 순서인
군호 하부의식을 치른다.

다음 세 번째 단계는 광장 가운데를 지나 궁궐 정문 앞까지다.

참하의 '향전'이란 구령에 구령자가 '둘, 셋'을 외치고 출발한
다. 계속해서 두 번째 단계와 똑같은 구령을 한다. 정문 앞에 도
착해 각자의 자리에 멈춰서 오른발을 차고 있으면 참하가 다시

'정위' 하고 외친다. 구령자가 박자에 맞춰 '둘, 셋'을 외치면 각자 제자리에 선다.

네 번째는 정문 앞에 서서 진형을 갖추는 입취위 단계다.

'입취위' 하고 참하의 구령이 떨어지면 구령자가 '하나, 둘, 셋, 넷'하고 구령을 한다. 나머지 수문군들은 구령에 맞춰 각자 월도와 주장봉을 세우고 진형을 갖춘다.

선임인 기진의 지도하에 두 번을 연습했다. 생각보다 쉬웠다. 충분히 할 수 있을 것 같았다.

"정말 할 수 있겠어요?"

기진은 미심쩍은 눈초리로 쳐다봤다.

"할 수 있을 것 같은데."

옆에서 지켜보던 장 팀장이 불안한 표정으로 고개를 갸웃거렸다. 잠시 후 기진에게 다가가 나지막이 내뱉었다.

"한 번 더 시켜!"

왜 저렇게 걱정스러워하는지 의아했다. 아무래도 지금까지 한 헛발질 때문일 것이다. 하지만 비록 삼십 년이 지났지만 군대에서 구령을 한 경험이 있었다.

'아우, 자식들! 어디 두고 보자!'

나를 비웃던 수문군들에게 이번에는 뭔가를 보여주고 싶었다.

연습을 끝내고 대기실로 돌아왔다. 목화에 왁스를 뿌리고 윤을 냈다. 목화 구석구석까지 천천히 솔질을 했다. 눅눅하게 보이던 목화에서 검은빛이 반짝거렸다. 막 들어왔던 한 달 전과는 확실히 달랐다. 여기도 진짜 짬밥인가.

출발 시간이 조금 남아 아내에게 전화했다. 하영은 또 언제 그랬냐는 듯 조용히 주말보호센터에 나갔다고 했다. 퇴근하면서 병원에 들러 약만 타오면 된다고 하면서 전화를 끊었다. 벌써 약이 다 떨어진 모양이다.

자폐증이 있는 딸은 정신분열증을 함께 앓았다. 혼자서 약을 잘 챙겨 먹지만 약이 떨어져도 말을 하지 않았다. 하루 정도 약을 먹지 않아도 특별히 이상한 증세는 나타나지 않았다. 이틀이 지나면 참을성이 급격하게 떨어졌다. 심하면 발작마저 했다. 아내와 나는 그 사실을 자주 잊어먹었다. 한 달이 다 되어 병원에 들를 때마다 약을 타 간 지가 엊그제처럼 짧게 느껴졌다.

목화를 닦으며 혹시나 해서 다시 한번 천천히 구령을 읊조렸다.

출出, 하나, 둘, 셋, 넷.

그다음 하나! (한 박자 쉬고), 둘! (한 박자 쉬고), 셋! (한 박자 쉬고), 넷!

그다음은 어, 여기서 한 박자 쉰 다음에 하나, 둘, 셋, 넷으로 들어가나. 아니면 바로 들어가나. 아까 연습할 때는 전혀 문제가 없었는데 갑자기 헷갈렸다.

군대에서는 한 박자 쉬지 않고 바로 들어갔는데 어쩌지? 누구한테 물어보나. 양기진. 흠, 이 자식은 아니야. 나이도 어린놈이 마치 내 머릿속을 들여다보는 것 같아 기분이 나빠. 노땅이 무엇하러 이런 곳에 들어왔어? 하는 눈빛이야. 장 팀장을 닮아서 혀가 짧은 것도 마음에 들지 않았다. 게다가 교육 시간에 그렇게 자신 있다고 했는데 다시 물어보면 비웃을 것이 뻔했다. 어쩌다 이런 이상한 곳에 들어와 별 더러운 꼴을 다 당하고 있구나. 나이 어린 녀석에게까지 화풀이하는 자신이 점점 부끄러워졌다.

그런데 막상 문제가 생기니 물어볼 사람이 없었다. 닦던 목화를 대충 마무리 짓고 대기실로 들어왔다. 이리저리 둘러보아도 누구 하나 반가워하지 않을 얼굴이었다. 문환을 찾았지만 보이지 않았다. 밖으로 나와 벤치를 둘러보았다. 없었다.

화장실에 갔나? 그래, 나중에 출발할 때 물어도 늦지 않을 거야. 그리고 혹 헷갈려도 막상 닥치면 다 해결이 돼. 궁하면 통한다. 궁즉통窮即通. 잘못하면 죽기밖에 더하겠어. 뻔한 허세인 줄 알면서도 이 말만 주문처럼 웅얼거렸다. 애써 마음속에서 스멀스멀 일어나는 불안을 가라앉히려 다시 목화에 왁스를 진하게 발랐다.

시간이 되어 행사복으로 갈아입었다. 장 팀장이 한 사람 한 사람 복장 검사를 했다.

"원형 씨! 안경 벗어요. 진짜 매번 말해야 해요, 짜증 나게……."

장 팀장이 별렀다는 듯 내질렀다.

아차.

출발할 때마다 안경을 늘 지적받으면서도 또 까먹었다. 안경을 벗어 사물함에 넣자 모든 것이 흐려졌다. 몸속에서 불안이 쿨렁쿨렁, 한꺼번에 일렁대기 시작했다. 구령에 대한 자신감이 언제 미끄러져 사라졌는지 하나도 남아 있지 않았다. 아침 교육 시간과 몸 상태가 확실히 달랐다. 어떻게 하지. 그렇다고 안경을 쓸 수는 없지 않은가? 장 팀장이 빨리 집합하라고 소리쳤다. 덕수궁 돌담길에 도착하자마자 출발 신호가 떨어졌다.

조마조마한 마음으로 궁궐 정원을 지났다. 정문에 도착하자 구령에 대한 긴장이 다시 살아났다. 행사장에 들어서자 취타대의 연주가 일제히 와당탕, 울렸다. 두근거리는 마음으로 힘차게 발을 맞추며 앞으로 나갔다.

광장에는 평일인데도 관람객들이 빽빽이 들어차 있었다. 까만 눈들이 나의 일거수일투족을 빤히 쳐다보았다. 서늘한 기운이 등줄기를 훑고 지나갔다. 구령하는 위치까지 거리가 엄청나게 멀었다. 앞에는 월도를 든 수문군이 착착 자기 위치를 향하고, 주장이 뒤를 따랐다. 내가 속한 왼쪽 줄은 이미 자리를 잡았다. 왼발을 고정한 채 오른발을 차면서 모두 자리에 들어서기를 기다렸다. 마지막 주장이 제자리에 들어섰다.

자, 구령이다.

"출出!"

있는 힘껏 소리를 질렀다. 갑자기 소리가 목울대에서 턱, 하니 걸렸다. 하나, 둘, 셋, 넷 하며 악을 썼지만 목이 잠겨 잘 터지지 않았다. 다음 단계인 오른발을 앞으로 내디디며 하나, 하고 외치는데 몸이 비틀거렸다. 연습할 때와 완전히 달랐다. 그래도 계속 소리를 질렀다. 둘, 하고 소리를 칠 때 내가 설 자리를 조금 지나쳤다. 얼른 뒷걸음을 했지만 이미 박자를 놓쳤다. 버벅거리면서도 구령만은 계속하려는데 양기진이 어느새 내 구령을 대신했다. 다리가 휘청거리며 벙거지가 무겁게 머리를 짓눌렀다. 참하의 구령이 이어졌다.

"정위!"

다시 얼른 구령을 받았다.

"둘, 셋!"

기진도 동시에 소리쳤다.

'아, 이제 할 수 있는데 저 새끼는.'

그의 도움 자체가 못마땅했다. 마치 틀릴 것을 예상하고 기다리고 있었다는 느낌이었다. 어리둥절한 채 서 있는데 궁궐 안에서 주서와 사약이 나왔다. 벌써 다음 구령이 걱정됐다.

"쿵! 쿵! 쿵!"

개식 타고가 세 번 울렸다. 가슴이 쿵쾅거렸다. 앞에서 군호 하부의식이 진행되었다. 주서가 교지를 펼치고 수문장에게 군호를 알려줬다. 곧이어 사약이 위장패를 들어 정면과 좌우로 내민

후에 수문장에게 건네주었다. 그들이 하는 동작들이 전혀 눈에 들어오지 않았다. 머릿속으로 앞으로 계속 구령해야 하는지 기진이 해야 하는지 판단이 서지 않았다. 게다가 그다음 구령이 무엇인지도 헷갈렸다. 참하가 향전, 하고 외치면 둘, 셋을 외치고 첫발을 내딛는 거다. 절대 잊어서는 안 된다. 둘, 셋이다.

둘, 셋이 머릿속에서 뱅뱅 돌았다.

다시 주서와 사약이 두 손을 올려 수문장과 인사를 주고받았다.

"승정원 주서와 액정서 사약이 궁궐 안으로 퇴장합니다. 수문장과 수문군은 궁궐 정문을 수위하는 진형을 갖추게 됩니다."

사회자가 우리말과 영어, 중국어 그리고 일본어로 차례대로 설명했다. 일본어 안내가 끝나면 참하가 구령을 할 차례였다. 긴장한 채 기다리니 사회자의 말이 중국어인지 일본어인지 헷갈렸다. 소리만 귓전에서 윙윙댔다. 마침내 참하의 구령이 떨어졌다.

"향전向前!"

잽싸게 다음 구령을 외쳤다.

"둘, 셋!"

다행히 기진은 하지 않았다. 나는 계속해서 외쳤다.

"하나! (한 박자 쉬고), 둘! (한 박자 쉬고), 셋! (한 박자 쉬고), 넷! (한 박자 쉬고), 하나, 둘, 셋, 넷!"

이제 비탈진 곳을 올라갈 차례였다. 주장봉을 세운 채 구령을 하니 몸에 찬 기물들이 제멋대로 흔들렸다. 허리에 찬 환도는 앞

뒤로 덜렁이고, 활과 화살통이 달린 동개시복도 제각각 움직였다. 손에 잡은 주장봉은 비탈진 곳에 이르자 몸에 밀착되지 않고 뒤로 약간 들렸다. 자연히 몸의 중심이 뒤로 쏠렸다. 게다가 숨이 차니 구령이 이상하게 목구멍에서 그르렁거렸다. 등줄기에 식은 땀이 났다. 다시 몸의 중심을 잡고 앞 수문군을 따라갔다.

정문이 있는 평평한 곳에 들어서자 겨우 제 호흡을 찾았다. 제 위치에 왼발을 고정하고 오른발을 차며 다음 구령을 기다려야 했다. 그런데 나도 모르게 양발을 동시에 움직이고 있었다. 얼른 왼발을 고정한 채 오른발을 찼다. 얼굴이 화끈거렸다.

그다음부터 어떻게 진행됐는지 기억에 하나도 남아 있지 않았다. '입취위'를 하고 진형을 갖추고 서 있는데 장 팀장이 오더니 눈살을 찌푸리며 말했다.

"원형 씨는 앞으로 절대 구령하지 마요! 그리고 나머지 구령은 양기진이 네가 해!"

모두 조용했다. 다들 내색을 하지 않지만 그러면 그렇지, 노땅이 별수 있겠어, 하는 속내가 피부에 팍팍 꽂혔다. 몸이 저절로 부르르 떨렸다.

잠시 후 교대군이 행사장으로 들어와 교대의식을 치르고 내가 속한 수문군은 궁궐로 되돌아왔다. 주장봉을 세우고 떨떠름한 채 서 있었다. 주위 수문군들도 조용했다. 양 수문장이 다가왔다.

"둘, 셋 할 때 둘과 셋 사이를 반 박자로 하지 말고, 두울, 셋하고 한 박자로 하세요. 두울, 셋!"

양 수문장 뒤에서 장 팀장이 씩씩대며 눈을 부라렸다.

그 순간, 신기하게도 머릿속에서는 방금 했던 구령 전체가 필름처럼 천천히 흘러갔다. 틀린 부분 하나하나가 빠르게 되감겨졌다. 동시에 아침에 연습하면서 사람들이 왜 이렇게 쉬운 것을 틀리지, 하던 교만이 뼈저리게 후회가 되었다.

아, 조금만 더 주의했더라면!

다시 한번 더 구령을 한다면 절대 틀리지 않고 잘할 수 있었다. 하지만 그런 말을 할 처지가 아니었다. 신뢰는 물 건너 가버렸다. 하지만 뭔가 억울했다.

'아, 틀릴 수도 있지. 뭐 그걸 가지고 난리야. 틀리면 다시 연습하고 그렇게 하다 보면 점점 나아지는 거지. 여기서 딱 못 하게 하면 앞으로 점점 더 위축될 것이 뻔하지. 이럴수록 한 번 더 시켜서 확실하게 알게 해야 조직의 발전이 있지.'

혼자 중얼거리자 기분이 조금 나아졌다.

그러나 행사를 망쳐 놓았다. 무슨 수모를 당해도 할 말이 없었다. 당신은 안 되겠으니 그만두시오, 하면 어떻게 하지. 한동안 수문군에 숙덕거림으로 남겠지. 그것보다 딸과 또다시 부대낄 생각을 하니 아찔했다. 끝없는 반복을 다시 겪어야 한다. 이렇게 꼬인 삶이 왜 계속되는지 짜증스러웠다. 다시 그럴 수는 없었다. 조금 시간이 지나자 점점 배짱이 생겼다. 마음 밑바닥에서 이판사

판이라는 생각이 부글부글 끓었다.

'이것도 저것도 아니면 확 뒤집어 버리는 수가 있어.'

이왕 꼬인 인생인데 바닥까지 내려갈 일이 더 있겠어, 하는 심보가 불거졌다.

갑자기 모든 이유가 안경 때문이라는 핑곗거리가 떠올랐다. 안경만 썼어도 이렇게 헤매지는 않을 터였다. 아무리 덕수궁 수문군이 조선 시대 복장을 하지만 요즘 세상에 안경 쓰지 않은 사람이 몇 명이나 되나. 안경을 써도 하나도 이상하지 않을 것 같은데 왜 쓰지 못하게 하지. 애써 핑계를 만들며 위안으로 삼았다.

오전 행사를 마쳤다. 이제 양기진의 얼굴을 맞닥뜨릴 생각을 하니 온몸이 파르르 떨렸다. 수문군들은 대기실에 도착하자 기물을 정리하고 행사복을 벗어 사물함에 걸었다. 무슨 지시가 있을 거라고 조마조마하고 있는데 웬걸 다들 우르르 식당으로 몰려갔다. 식당에 고기가 나오는 날이었다. 고기가 나오는 요일은 일찍 서두르지 않으면 한참을 기다려야 했다. 무슨 이런 동네가 다 있나 싶었다. 일단 배부터 채우고 보자는 생각으로 식판에 밥을 담아 한쪽 구석으로 가 앉았다.

식사 후 자판기에서 커피를 뽑아 배롱나무 아래 벤치에 앉았다. 지난 여름날의 화려했던 꽃들은 배롱나무의 기억 속에 남아 있고 이제 벗은 몸뚱이로 남은 추위를 버티고 서 있었다. 저절로 온몸이 부르르 떨렸다.

괜히 수문군 일을 한다고 해 이 무슨 창피란 말인가. 말년을 조심하라고 했는데 이런 경우도 해당하는지 모르겠다. 하여튼 고약한 처지에 빠졌다. 멍하니 앉아 있는데 어느새 문환이 옆에 서 있었다. 수문군들의 뒷소리를 듣고 싶어 그의 얘기를 기다렸지만 아무 말도 하지 않았다. 속이 켕긴 사람이 급하다더니 먼저 말을 꺼냈다.

"오늘 구령하며 깨졌는데 앞으로 어쩌면 좋아?"

문환은 슬며시 웃었다.

"원래 처음 구령하면 다 그렇게 헤맵니다. 별로 신경 쓰지 마세요."

"엥, 나만 그런 거 아니었어?"

"다들 첫 달은 엄청나게 헤맵니다. 형님만 특별히 헤매는 것 아녀요. 저희도 조금만 헛생각하면 바로 헤매요. 신경 쓸 것도 많은데 뭐 그런 하찮은 거 가지고 그러세요."

그냥 나한테 힘을 주려고 하는 말처럼 들리지는 않았다. 그런데 다른 수문군들이 말하는 것을 들어보면 자기들은 처음 들어올 때부터 빠릿빠릿한 것처럼 얘기했다. 그게 전부 허풍이었던 말인가. 그러면서도 뻐기는 것은 또 뭐란 말인가. 그들이 이해될 듯하면서도 왠지 속은 것처럼 허탈했다.

"형님, 혹시 잘 안 보이시면 렌즈를 끼세요. 여기 수문군들 대부분 콘택트렌즈를 끼어요."

"콘택트렌즈!"

그래. 왜 그 생각을 못 했지. 우물 속에서 동아줄을 잡은 기분이었다. 지금까지 헤매던 것에 대한 핑계로 충분했다. 나이가 들어서도 머리가 나빠서도 아닌 그것, 콘택트렌즈에 있었다. 앞으로 내 머릿속에 이 말을 계속 인식시켜 자신을 세뇌할 필요가 있었다.

수문군 일이 끝날 때쯤 아내한테서 카톡이 왔다.

'하영이 상태가 아직 좋지 않으니 약 타가지고 집으로 가지 말고 가게로 바로 오세요.'

몸에 힘이 죽 빠졌다. 바로 집으로 갔더라면 딸이 득달같이 달려들었을 것이 뻔했다. 딸 때문에 시작된 스트레스가 아직도 진행 중이었다. 퇴근 후 집에서 조금 쉬었다가 가게에 나오려 했는데 바로 가게에 갈 생각을 하니 더 피곤하게 느껴졌다. 한 달에 한두 번 정도 겪는 일이지만 그때마다 새롭게 다가왔다.

퇴근길에 안경점에 들러 일회용 콘택트렌즈를 샀다. 가게에 들러 아내와 교대했다. 밤 아홉 시쯤, 아내로부터 딸이 잔다는 연락이 왔다. 가게 문을 닫고 집에 와 렌즈를 착용하려 했지만 잘 끼워지지 않았다. 몇 번을 시도하다 포기하고 침대에 누웠다. 몸은 바위에 눌린 것처럼 무겁고 의식은 끝없이 밑으로 떨어졌다.

그다음 날, 수문군 대기실로 콘택트렌즈를 가져갔다. 문환의 도움을 받으며 거울 앞에서 몇 번을 끼우려 했다. 되지 않았다.

"눈이 너무 작네요."

그를 빤히 쳐다보았다. 눈이 작다는 것은 알지만 콘택트렌즈를 끼울 수 없을 정도라고는 생각지 못했다. 이십 년 만에 다시 조직 생활을 하니 이런저런 약점들이 불거지는 것이 놀라웠다. 지금까지 자신의 눈이 어느 정도 작은지도 모르는 우물 안 개구리였다.

기억한다고 사랑한 것은 아니다

오전 교대의식을 마쳤다. 점심시간이다. 서경을 만나 덕수궁 중화전 앞길을 따라 뒷문 쪽에 있는 마로니에까지 걸었다. 덕수궁 마로니에는 우리나라 마로니에 나무 중에서 수령이 가장 오래되었다. 서경은 나무를 한참 올려다보았다. 다른 세계를 바라보는 듯했다. 어릴 때 송냇가에 서 있던 느티나무를 쳐다볼 때도 그랬다.

후문 바로 앞이라 마땅히 앉을 자리도 없었다. 왔던 길을 다시 되돌아 석조전 앞 분수대가 있는 등나무 벤치로 향했다. 벤치에는 사람들이 몰려있었다. 할 수 없이 은행나무 길로 들어섰다. 백년 정도 되어 보이는 은행나무는 몸통에 유주가 생기려는지 울룩불룩 튀어나오고 나무뿌리들이 길바닥으로 짐승 발톱처럼 세력을 뻗고 있었다. 갑자기 그녀가 왼쪽으로 길을 틀었다.

"잠깐 따라와 봐. 여기 좋은 데가 있어."

그녀가 말채나무 아래로 걸어갔다. 나는 웃으며 조용히 뒤따랐다. 우리는 말채나무 아래에 길게 놓인 도로 경계석 위에 앉았다. 오래된 뿌리 때문인지 경계석이 조금 튀어 올라 기울어져 있었다.

"근데 여기에 앉아 무슨 책 읽어?"

그녀는 나를 빤히 쳐다보았다. 어떻게 아느냐고 묻는 표정이었다.

"점심때 이 나무 아래를 자주 걷거든."

그녀는 고개를 끄덕였다.

"응, 『얀 이야기』라고…… 혹 들어봤어?"

"얀? 처음 들어보는데. 사람 이름이야?"

"고양이 이름이야?"

"그래, 무슨 내용인데?"

"『어린 왕자』 알지? 그런 분위기야."

그녀가 조그만 가방에서 매끈한 책을 꺼냈다. 겉표지가 하얬다. 요즘은 책을 예쁘게 잘 만든다. 책 표지에는 사색에 잠겨 있는 고양이와 커다란 악기를 든 물고기가 언덕에 함께 서 있었다. 그들 뒤쪽으로 멀리 푸른 강이 언뜻 비쳤다. 파스텔 색조를 보니 고향 송내의 둑길이 아련했다.

"이 나무 아래에 있으면 어릴 때 고향 느티나무 아래에 있는 것 같아."

서경도 느티나무를 기억했다.

"어릴 때처럼 함께 소리 내어 읽고 싶다."

웬일인지 고향에서는 오래된 느티나무를 사장나무라 불렀다. 사장나무는 몸통이 어마어마하게 컸다. 지웅, 승현과 함께 손을 잡고 둘레를 쟀지만 반도 채 되지 않았다. 사장나무는 키도 컸지만 가지들이 넓게 좍 퍼져 있었다. 밑에서 올려다보면 마치 세계지도를 보는 듯했다. 우람한 줄기들이 밑둥치부터 좌우로 뻗어나갔다. 두 줄기 사이에 있는 공간은 태평양에 해당한다. 셋은 여름이면 사장나무 줄기를 오르내리며 날마다 세계 일주를 했다. 나무 위 옴팡진 곳에 아지트도 만들었다. 오른쪽 줄기를 타고 올라가면 지도상으로 아마존 밀림이 있을 만한 지점이다. 잎이 무성해 밑에서는 보이지 않았다. 그 아지트에서 송내를 내려다보며 잠을 자거나 만화책을 보았다. 서경은 나무 아래에서 우리를 부르며 내려오라고 소리쳤다. 그러나 서경에게 아직 지웅의 얘기를 할 수는 없었다.

"그런데 네가 기억력이 그렇게 좋다며? 승현이가 그러데."

서경은 소녀의 눈망울을 한 채 나를 올려다보았다. 나도 그녀를 바라보았다. 머리 위 말채나무 속에서 우리의 얘기를 엿들으려는지 직박구리가 끼이익, 끼이익 울면서 동료들을 불러 모으고 있었다. 위를 보았다. 새의 둥지는 보이지 않고 말채나무의 유백색 꽃만 피어 있었다.

덕수궁 말채나무는 꽃이 피어있을 때가 가장 아름답다. 산수유나 벚꽃보다 사람들의 눈길을 끌지는 않지만 유백색 꽃은 왠지 처연한 아름다움을 간직하고 있다.

"그런데 왜 말채나무라 부른지 알아?"

실없이 그녀에게 물었다. 그녀는 고개를 좌우로 흔들었다.

"옛날에 말채나무 가는 가지를 말의 채찍으로 사용했나 봐. 경복궁에도 말채나무가 있다. 이름이 조금 우습지?"

그녀도 그저 농담인 줄 알고 아무 말도 하지 않았다.

"기억나는 얘기 좀 해줘."

무슨 얘기를 해야 할지 망설여졌다.

"그러게. 너희 아버지 기억이 난다. 키가 훤칠하고 이목구비가 뚜렷했지. 조회 때마다 운동장에 카랑카랑 울리던 목소리도."

서경의 의도와 다르게 그의 가족 얘기로 넘어갔다.

"그런데 아버님은 지금 살아계셔?"

"돌아가신 지 오래되었어. 어머니만 계셔."

"그렇구나. 지금 생각해 보니 초등교사 월급으로 너희 식구들을 어떻게 먹여 살렸는지 궁금하다. 그때는 그냥 너희 집이 농사짓는 우리들보다 더 잘 살 거라고만 생각했는데……."

뜬금없이 그때 왜 교사 직업을 가진 사람을 그렇게 존경했을까 하는 생각이 났다.

"어휴, 말도 마라. 잘 살기는 얼마나 잘 살았겠어. 다들 거기서 거기지. 어릴 때 몸속에 너덜너덜한 땟국물을 생각하면 지금도 끔찍하다."

서경은 마치 요즘 일인 듯 진저리를 쳤다.

그녀와 얘기를 하다 보니 어릴 때 밤마다 등잔불 아래에 가족들이 모여 이蝨 잡던 장면이 떠올랐다. 속옷을 뒤집으면 재봉선을 따라 하얀 서캐가 죽 숨어 있었다. 작은 매실이 다다귀다다귀 붙어 있는 모습을 보면 그 모습이 연상되곤 했다. 서캐는 너무 많아 일일이 손톱으로 죽일 수 없었다. 호롱불에 가까이 대고 살짝 그슬려야 했다. 타다닥, 소리가 나며 하얀 연기가 피어올랐다. 새큼한 냄새가 방안에 가득 번져 코를 찡그리게 했다. 가난한 시절의 지우고 싶은 정경 중의 하나다. 하지만 가난을 생각할 때면 꼭 이 장면이 떠올랐다.

"너도 때가 많았어?"

그녀는 교사의 딸이고 여자인데다 우리와 다른 세계에 살았으니 당연히 깨끗했을 거라 짐작했다.

"그럼! 그때 집에 샤워 시설이 제대로 되어 있었나, 목욕탕에 자주 가기나 했나?"

서경은 부끄러운지 어색하게 웃었다. 얘기를 나누다 보니 차츰 남녀로서 감정보다는 같은 세월을 살아온 동지애가 꿈틀거렸다. 왠지 쓸쓸했다.

그녀가 말할 때마다 입술 사이로 하얀 치아가 드러났다. 감청 먹은 치아는 당연히 보이지 않았다. 몇 번을 참다가 그 얘기를 하고 말았다.

"참, 너는 새삼스럽게 별걸 다 기억한다."

샐쭉하니 인상을 찌푸렸다. 과거에 이미 사라진 구질구질한 것들을 들춰내니 민망한 눈치였다. 갑자기 조금 의아한 표정으로 나를 바라보았다. 그런 자잘한 것까지 기억하는 내가 부담스러운 눈치였다.

"혹 내가 흔히 소설이나 드라마에서 말하는 너의 로망이었니?"

그녀는 나를, 나도 그녀를 지그시 바라보았다. 그녀는 뻘쭘한지 입술을 앞으로 쭉 뺐다가 오므렸다.

하지만 이런 오해는 여자 동창을 만날 때에 자주 일어났다. 동창 모임을 처음 할 때 그런 눈빛으로 바라보는 동창들이 많았다. 그들을 탓할 일이 아니었다. 문제는 나에게 있었다. 한 사람을 너무 자세히 기억하면 이런 오해가 생겨났다.

사실 난 그냥 기억만 했다. 기억한다고 꼭 그 사람을 사랑한 것은 아니었다. 사랑하지 않는 사람에 대해서도 기억이 많았다. 어렸을 때는 모든 것이 신기했고 모든 것을 보면 머릿속에 정리가 되어 자동으로 저장되었다. 하여튼 사랑의 감정과 상관없이 어릴 때 일어난 일들을 많이 기억했다.

"혹 무슨 썸이 있으면 승현이나 지웅과 있었지 나하고는 아니야."

지웅만 말하기에는 무언가 걸려서 승현을 함께 끼워 넣었다. 현세에 살고 있는 그녀와 무덤에 있는 친구를 엮는 것이 조금 꺼림칙했다. 서경은 나를 빤히 바라보았다.

말꼬리를 돌리려 말채나무에서 시끄럽게 우는 직박구리를 올려다보았다.

"홍시를 쪼아 먹어 감새라고 불렀는데……."

그녀는 갑자기 무슨 말이냐는 듯 어리둥절했다.

고향에는 늦가을에 감나무 사이로 직박구리가 떼를 지어 날아다녔다. 잘 익은 홍시는 직박구리에게 좋은 먹잇감이었다. 직박구리가 쪼아 먹은 홍시들이 바닥에 떨어져 주위가 질퍽했다. 아무리 소리쳐 쫓아도 떼로 돌아다니며 홍시를 파먹었다.

직박구리는 우는 소리도 그렇지만 모양새도 마음에 들지 않았다. 머리 부분은 밋밋하고 턱 밑에 부스스, 털이 일어났다. 마치물에 빠진 생쥐처럼 생겼다. 서울에서도 직박구리는 골목은 물론이고 나무가 서 있는 곳은 어디에서나 시끄럽게 울어댔다. 궁궐에서도 세를 과시하며 어지럽게 날아다녔다. 텃새인데도 전혀 정이 가지 않았다. 한마디로 품위 없는 깡패 새였다.

"궁궐에는 어떤 새가 어울릴까? 오색딱따구리는 어때?"

서경은 또 무슨 생뚱맞은 소리냐는 듯 눈을 동그랗게 떴다.

사실 궁궐에 가장 어울리는 새는 크낙새였다. 크낙새는 노란 부리가 커다랗고 빨간 죽지 깃이 뚜렷했다. 조류 중에 빨간 죽지가 큰 새는 귀하게 느껴졌다. 그런데 언젠가부터 우리나라에 크낙새가 사라졌다는 뉴스가 들렸다. 조금 작지만 크낙새와 비슷한 오색딱따구리 정도면 어떨까. 아침 일찍, 궁궐에 오색딱따구리가 말채나무 쪼는 소리를 내면 한층 고풍스러울 것 같았다.

"그런데 오색이 무슨, 무슨 색이야?"

그녀가 고개를 갸우뚱했다.

사실 나도 오색딱따구리를 볼 때마다 그런 의문이 들었다. 산길을 걷다가 나무를 쪼는 오색딱따구리의 색을 세어 봐도 네 가지뿐이었다. 스마트폰을 꺼내 다시 검색해 보았다.

'오색딱따구리는 이마에 노란색이 있고 눈 주위에 연한 갈색으로 덮여 있다. 목덜미에는 진홍색이 선명하다. 가슴과 배 부분은 연한 갈색이며 어깻죽지에는 흰색이 있다.'

노랑, 갈색, 진홍색, 하양. 이렇게 네 가지 색이다. 연한 갈색이 두 번이나 섞여 있었다. 이것이 헷갈렸나. 아닐 것이다.

"나머지 한 가지 색은 무슨 색이지?"

혹 아주 오래전에 새의 이름을 처음 지을 때 확실히 오색이었는데 지금은 없어진 것이 아니었을까. 확실한 것도 시간이 지나면 희미하게 기억되다가 점점 잊힌다. 잊힌 것들은 까맣게 변한다. 그렇다면 한 가지 색은 검정일지도 몰랐다. 우리는 가끔 검정처럼 까만 기억을 없는 것으로 간주했다. 사라진 까만 기억 속에 또 어떤 일들이 숨어 있을지 궁금했다.

오색딱따구리는 참나무나 사시나무가 많은 곳에서 서식했다. 창덕궁처럼 뒤쪽에 산이나 나무가 울창한 곳이면 모를까 덕수궁은 딱따구리가 서식할 가능성이 희박했다.

서경은 나를 신기하다는 듯이 바라보았다. 이런 점에서 서경은 도시 여자에 가까웠다.

"촌놈도 촌놈 나름이니까!"

내 입가에 슬그머니 웃음이 배었다.

규정 데이

　만물이 초록을 만끽하는 것과 상관없이 대기실은 언제나 규정의 목소리로 시끄러웠다. 그의 목소리는 크지는 않은데 거칠어서 다른 사람의 귀를 자극했다. 그날도 어김없이 지각을 했다. 옷을 갈아입으며 마 부장이 들으란 듯 목청을 높였다.

　"야, 김쩐섭이! 너는 얼굴 자체가 한 대 때리고 싶은 인상이야. 경고하는데 내 눈에 띄지 마!"

　규정은 어깨를 크게 들썩이며 오른 주먹을 전섭의 얼굴에 가까이 댔다.

　"꼴뚜기 왕자, 꼴값하네! 빨리 규정 데이나 잡아."

　전섭은 툭, 껌을 뱉듯이 말을 던졌다. 스마트폰에서 눈도 떼지 않았다.

　"어, 헉!"

규정은 한 방 맞은 표정을 지었다. 입을 벌린 채 흰자위가 보이게끔 눈동자를 위쪽으로 향했다. 마 부장이 꼴값한다는 듯이 노려보았다. 규정과 눈이 마주쳤다. 규정은 쑥스러운 듯 머리를 긁적거렸다.

규정 데이는 그가 마음에 드는 사람들과 왕십리에 있는 싼 돼지고깃집에서 한잔하는 날이다. 처음 몇 번은 전섭도 같이 어울렸다. 그런데 전섭은 고기를 굽거나 남에게 술을 권하지 않는다. 자기 자리에 앉은 채 다른 사람이 구워놓은 고기만 날름 먹어버렸다. 잘 먹었다는 흔한 인사치레도 없었다. 그 뒤로 규정은 전섭이 몰래 규정 데이를 잡았다. 전섭은 눈치가 빨라 먼저 와 자리를 잡고 있었다. 밤에도 아르바이트하는 전섭에게 규정은 돈 있는 부모를 둔 속없는 사람에 지나지 않았다. 이런 녀석에게는 조금 뜯어먹어도 괜찮다고 생각했다.

규정은 마 부장의 눈총을 전혀 신경 쓰지 않고 계속해서 말했다.

"마, 김쩐섭이! 돈에 쩐 스크루지 같은 놈!"

대기실 안에 그의 목소리만 울렸다. 가끔 주위에서 몇몇 사람들이 규정을 응원하며 추임새를 넣었다.

"규정이 형 말이 맞아. 저놈은 평생 티끌만 모으다 티끌처럼 갈 놈이야!"

규정과 전섭은 전혀 그런 말에 신경을 쓰지 않았다. 둘만의 놀이를 계속했다.

"꼴뚜기 왕자! 헛소리 말고 빨리 규정 데이나 잡아."

전섭은 로봇처럼 같은 말을 반복했다.

"자기한테 투표한 가증스러운 놈!"

규정은 다시 전섭을 물고 늘어졌다. 전섭은 얼굴을 붉히며 벌떡 일어났다.

"내가 투표했다고 누가 그래? 나를 뭐로 보고. 그리고 너희들은 평생 여기서 썩으라고. 난 돈 모아서 벗어날 테니까."

언제부터인가 우수 수문군을 뽑는데 전 대원의 투표로 결정했다. 사십 오명 정원에 대타와 운영위원 그리고 수문장을 제외하면 해당자는 한 삼십 명가량 되었다. 매번 최고 득표자가 열 표를 넘지 못했다.

투표 현황을 보니 수문군이란 집단의 정체성이 한눈에 보였다. 한 표도 얻지 못한 사람이 절반은 넘었다. 한 표를 얻은 사람들은 나머지 절반 정도 되었고, 두 표나 세 표는 사실 몇 명 되지 않았다. 전섭도 한 표를 얻었다. 수문군들이 그에게 의심의 눈길을 보냈다. 규정이 그를 다그쳤다.

"너 같은 찐따한테 누가 투표를 하겠어?"

전섭은 친한 사람이 없었다. 근무 기간은 오래되었지만 주위 사람과 어울리지 않았다. 근무 끝나면 또 다른 일을 하러 부리나케 가방을 챙겼고, 쉬는 날에는 택배 회사에서 밤 내내 일을 했다. 밤을 새운 날에는 바로 수문군 대기실로 출근해 머리를 박고 잤다. 규정과 다른 사람들의 예상과는 다르게 전섭에게 진짜 표를 던진 사람이 나타났다. 오랫동안 같이 근무했던 양기진이었다. 그 뒤로 규정의 입에서 투표 얘기가 더 나오지 않았다.

하지만 규정은 여전히 전섭을 놀려댔다. 말을 던져놓고 주위 시선에 아랑곳하지 않고 이를 드러내며 웃었다. 뭔가 정곡을 찌른 통쾌한 말을 던진 것처럼 자기 말에 자기가 취했다. 전섭과 얘기하는 것 같지만 습관적으로 혼잣말을 했다.

장 팀장이 짜증스러운 표정으로 규정을 째려보았다.

"김규정 씨!"

규정은 아직도 이를 드러내고 장난을 치고 있었다.

"김규정 씨!"

장 팀장이 버럭 소리를 내질렀다. 옆에 있던 사람이 규정의 옆구리를 찔렀다. 그제야 그는 무슨 일이냐는 듯 주위를 두리번거렸다.

"김규정 씨! 대기실에서 조용히 좀 못 하겠어요? 매일 똑같은 말 하는 거 이제 지겹지도 않아요? 도대체 어떻게 해야 정신을 차리겠어요."

규정은 전혀 동요하지 않았다.

"아, 팀장님. 왜 그러십니까? 제가 그래도 다음 우수 수문군을 노리는 강력한 후보인데……."

규정의 동문서답에 장 팀장이 어이없다는 듯 웃었다.

"날마다 지각을 밥 먹듯이 하는 네가 우수 수문군? 도대체 나를 놀리는 거야?"

마 부장이 얼굴을 붉히며 규정을 노려보았다. 옆에서 장 팀장이 마 부장을 거들었다.

"김규정 씨 때문에 내가 잠을 제대로 못 자요. 오늘 아침에 우리 마누라가 뭐라 하는지 알아요? 제발 자면서 일 좀 그만해라, 도대체 김규정이란 사람이 누구냐고 물어보데요. 알았어요?"

수문군이 다들 웃었다. 규정도 흐흐, 웃으며 머리를 긁적거렸다.

장 팀장은 교대의식을 진행하며 하루하루 골머리를 앓았다. 정규 인원이 부족하니 매일 대타를 구해야 했다. 하지만 대타 구하기가 생각만큼 쉽지 않았다. 대타 중에 괜찮다 싶은 사람은 하루 이틀 정도 일을 하고 다시 오지 않았다. 사람이 부족하니 어리바리하고 도저히 행사를 못 할 것 같은 사람도 다시 부르는 일이 비일비재했다.

밤늦은 시간에도 장 팀장의 카톡은 자주 터졌다. 카톡이 울리는 이유는 단 한 가지였다. 내일 쉬겠다는 메시지였다. 술을 마시다가 카톡을 날리는 사람이 대부분이었다. 행사 중에 틀려도, 지각해도 잘릴 일이 없었다. 장 팀장 입장에서는 아무리 문제를 일으켜도 한 명이 아쉬운 현실이었다. 그에게 규정은 대부분 수문군이 생각하는 것과 달리 든든하게 한 사람의 몫을 했다. 눈앞에 없는 똑똑한 사람보다 가까이 있는 어리숙한 사람이 더 중요했다. 규정은 부장이나 팀장의 이런 사정을 훤히 꿰고 있었다.

규정은 약간 상기된 얼굴로 마 부장에게 말했다.

"아, 왜 그러세요. 저 열심히 하잖아요. 벌써 몇 달째 수장기만 드는데요."

수장기는 오방기보다 두 배 정도 무겁다. 수문군들이 서로 들기를 꺼렸다. 바람이 불면 깃발이 휘청거려 잘못하면 허리를 다치는 경우가 많았다. 귀가 꼬리처럼 길게 달린 수장기는 돛대처럼 커다랗고 길었다. 바람을 타면 방패연처럼 날았다.

작년에는 한 달 동안 수장기를 들면 일정 금액을 더 주었다. 그래도 전섭 외에는 아무도 들지 않으려 했다. 전섭은 돈이 되는 일은 가리지 않았다. 아무도 수장기를 들려고 하지 않자 지각하는 사람이나 무단 결근자가 들도록 규칙을 정했다. 처음 몇 주 동안은 효과가 있었다. 하지만 한 달 정도 지나니 이전과 똑같아졌다. 여전히 지각하는 사람은 지각을 하고 결근자는 밤에 술을 마시다 장 팀장에게 카톡을 날렸다. 그 대표적인 사람이 규정이었다.

규정은 한번 지각을 한 뒤에 수장기를 들었다. 몇 번 더 하더니 급기야 밥 먹듯이 지각을 하기 시작했다. 마 부장은 별다른 언급이 있을 때까지 수장기만 들도록 못을 박았다. 이제 수장기를 매일 드는 전섭과 같은 반열에 올랐다.

규정은 오기를 부리며 날마다 지각을 했다. 다른 대원들은 이런 상황에 별로 관심도 없었다. 규정에 대해 안타까워하거나 마 부장을 욕하지도 않았다. 다들 자기만 수장기를 들지 않으면 나 몰라라 했다. 남의 불행은 곧 자기 행복이란 말이 수문군 대기실에 묵은 공기처럼 떠돌았다.

처음에 고분고분하던 규정도 힘이 달리고 뭔가 억울한 생각이 들었다. 차츰 주절주절 불평을 쏟아내기 시작했다.

"수문군에서 나보다 더 열심히 하는 사람 있으면 나와 보라고 해!"

한심하다는 듯이 쳐다보는 나와 눈이 마주쳤다.

"형님, 죄송합니다."

이 말이 몸에 배어 있었다. 짜증이 났다.

"뭐가 죄송한데?"

"뭐 그냥……."

그날 아침에도 마 부장이 큰소리로 화를 냈다.

"아니 아홉 시 반까지 출근하라고 하면 최소한 십 분 정도는 빨리 와야 할 것 아니야? 딱 거기에 맞춰 오면 어쩌란 말이야!"

마 부장은 평상시 여덟 시에 출근했다. 출근 후 대한문 앞에 나가 무슨 집회가 있는지 점검을 하고 수문군이 지나는 동선을 따라 걸으며 무슨 장애물이 있나 먼저 살폈다. 마 부장에게 아홉

시 반이 다 되어 헐레벌떡 뛰어오는 사람들은 이해할 수 없는 족속이었다. 지각이 일상화된 규정이 내놓은 변명은 사실 어처구니없었다.

"스마트폰 배터리가 다 되어 모닝 벨이 울리지 않았어요."

증거물이라고 꺼진 스마트폰을 내놓았다. 마 부장의 얼굴이 붉으락푸르락했다.

어느 날, 규정은 또 무단결근을 했다. 장 팀장이 전화를 했지만 스마트폰마저 꺼져 있었다. 규정과 친한 몇몇 사람에게 물어보아도 모른다고만 했다. 조회 시간에 마 부장이 공지를 했다.

"이제 도저히 봐줄 수가 없네요. 도대체 이곳은 직장도 아닙니까? 이곳도 여러분의 직장이에요. 직장이면 출근 시간을 지켜야 하고, 규칙을 따라야 하고, 그렇지 못하면 그만두어야 합니다. 이렇게 무단결근이나 하는데 어떻게 해야 하겠습니까? 더는 봐줄 수가 없습니다."

규정은 다음 날도 출근하지 않았다. 그의 집을 아는 녀석들도 없었다. 누구인가 자기 어머니와 함께 산다는 것만 어렴풋이 들었다고 했다.

삼 일째 되는 날 규정은 후줄근한 얼굴로 나타났다. 세팅하러 가는데 옆에서 졸래졸래 따라왔다. 아무 말도 하지 않았다. 더는 참지 못해 그를 째려보았다.

"그따위로 하려면 관둬라. 뭐 하려고 다녀?"

규정은 멀뚱하게 쳐다보았다.

"아이, 형님, 왜 그래요?"

"왜 그러냐고? 왜 휴대폰을 꺼 놓았어?"

"아, 갑자기 일이 생겨서 그랬네요. 방금 부장님한테 죄송하다고 말씀 드렸어요."

조금 시무룩하지만 별일 아니라는 식이었다.

"왜 날마다 죄 없는 우리까지 그런 잔소리를 들어야 하냐고? 하루 이틀도 아니고. 아침마다 왜 너 때문에 다들 기분이 하루 내내 우중충해야 해?"

"아, 뭐 그럴 수도 있지 그러십니까?"

"뭐? 그래 그럴 수도 있지. 그런데 그것이 한두 번이냐 이거야?"

화를 내자 그제야 태도가 변하며 사정 얘기를 했다.

"미안합니다. 술 마시다 옆 테이블과 시비가 붙어서……."

"이제 술 먹고 싸움까지? 가지가지 한다. 다른 사람은 몰라도 너는 수문군 조직을 위해서 꼭 잘라야 한다고 생각해. 이건 조직이 아니야. 조직이 한 사람 때문에 개판이 된다는 것은 이해할 수 없어. 난 부장님 의견이 맞는다고 봐. 조직을 해치는 사람은 자르는 것이 맞아."

규정은 아무 말 없이 따라오다가 한 마디 툭 던졌다.

"저도 그렇게 생각합니다."

뭐, 이런 미친놈이 다 있나?

"야! 너를 자른다는 데 남 얘기하듯 그냥 예, 예라고만 해?"

"예, 뭐, 형님 말이 맞겠죠."

그를 찬찬히 살펴보았다. 얼굴은 세수도 하지 않았는지 꾀죄죄했다. 머리는 덕지덕지 붙어 있었다. 괜히 윽박질렀다는 생각이 꿈틀거렸다. 얼른 머리를 흔들었다. 아니야, 이렇게 약한 마음을 먹으면 안 돼. 저놈은 이런 마음을 노리는 거야. 측은하게 생각하면 저놈의 페이스에 말려드는 거야.

사고 후 뒤처리가 궁금했다.

"합의는 잘 됐어?"

"엄마 돈 좀 들었어요."

갑자기 부러진 앞니처럼 엄마라는 낱말이 툭, 튀어나왔다. 그 입을 쳐다보았다. 구질구질한 마흔 중반의 사내가 멍하니 서 있었다. 내가 쳐다보자 이를 드러내며 웃었다. 가로로 걸친 치열교정 장치도 그를 따라 웃었다.

"뭐, 이런 또라이 같은 새끼가 다 있어 놀리는 거야?"

속으로 욕지기를 삼키며 다시 손수레를 끌었다.

왜곡된 기억

어린 시절의 기억을 떠올리다 보면 언제나 마지막은 초등학교 일학년에 닿는다. 그 이전의 기억은 깜깜하다. 그런데 그 암흑 속에서 조그만 불빛 같은 기억이 하나 흔들거린다. 내 기억이라고 할 수 없지만 그렇다고 아니라고도 할 수 없다. 아마도 동네 어른들이 얘기한 것을 내 기억인 것처럼 저장한 모양이다. 그것은 시골에서 흔히 일어나는 사고였다.

할머니가 밖에서 돌아와 나를 툇마루에 내려놓았다. 나는 벌벌 기어서 방으로 들어갔다. 신문지에 쌓인 엿처럼 생긴 물건이 방구석에 놓여 있었다. 빨래를 삶을 때 쓰던 고체 양잿물이었다. 입으로 가져갔다. 곧바로 목을 움켜잡고 악을 쓰기 시작했다. 동네 사람들이 몰려들어 걱정스럽게 내려다보았다. 눈물 콧물이 범벅이 된 얼굴로 목을 움켜잡고 숨을 헐떡였다. 양잿물을 갖다 놓은 이웃 아주머니도 발을 동동 구르며 어쩔 줄 몰라 했다. 양잿물은 독극물처럼 치명적이다. 시골에서 자살하는 사람들이 농약 다음으로 많이 사용했다. 점점 얼굴이 부어올랐고 목구멍에서 마지막 숨이 그르렁거렸다.

"글렀어. 안 되겠구먼."

나이 든 어른이 일찌감치 포기한 듯 혀를 찼다. 그 어른의 목소리를 시작으로 다들 가망이 없다며 발걸음을 돌렸다. 눈을 뒤집은 채 죽음을 기다리며 허공을 보고 있었다. 그다음 어떻게 살아났는지 기억에 없다.

나이가 들면서 이 장면이 마치 처음부터 기억한 것처럼 생생하게 살아났다. 어느 순간부터 내 기억으로 인식하고 있었다. 기억은 없었던 사실을 만들 수도 있다는 생각이 처음으로 들었다.

입학 전의 기억은 딱 이거 하나뿐이었다. 하지만 초등학교에 들어간 뒤에 일어난 일들은 많았다. 처음으로 새로운 환경에 접해서인지 머릿속 깊이 새겨져 있었다. 그런 기억 중에 서경에 대한 것이 가장 많았다. 서경의 아버지는 교사였다. 그 시절에 교사란 우리와 다른 세계의 사람이었다. 물론 자녀도 마찬가지였다.

"혹시 송경심 선생님 기억나? 우리 담임이었잖아?"

그녀의 기억 역시 나의 그것처럼 아름다울 거라고 믿었다. 그녀는 물끄러미 나를 쳐다보았다.

"그래? 우리 담임은 이명희 선생님이었잖아?"

서경은 무슨 뚱딴지같은 소리냐며 되물었다. 친구들도 다들 이명희 선생만 기억했다.

"송경심 샘은 이명희 샘 오기 전의 담임이었어."

비밀스러운 얘기를 하듯 그녀에게 속삭였다. 그녀는 하얀 종이를 대하듯 멍했다. 순간, 나도 어쩐 일인지 조금 헷갈렸다. 둘 다 우리 담임이었는데 언제 바뀌었는지 희미했다.

송경심 선생은 커다란 검은 테 안경을 썼고 얼굴이 뽀얬다. 가을이었다. 수업 자료로 대추가 필요했다. 집 뒤 대추나무에서 아주 잘 익은 갈색 대추를 한 움큼 따왔다. 두 손에 담아 담임의 오므린 손안에 살며시 놓았다. 조심했는데도 살갗이 닿았다. 순간, 너무 놀랐다. 손이 너무 부드러웠다. 마치 뼈가 없는 살을 만지는 느낌이었다. 어린 나이에 그처럼 말랑말랑하고 묘한 접촉은 처음이었다. 그때부터 여자 선생의 손은 모두 그렇게 부드러운 줄로 알았다.

서경은 송경심 선생이 전혀 떠오르지 않은 눈치였다. 뭔가 꼬였다. 그녀의 기억을 도우려 봄 소풍 이야기를 꺼냈다. 그녀가 깔깔 웃던 얘기는 뺐다. 감청 먹은 치아 얘기가 나오면 싫어할 것 같아서였다. 서경은 소풍 때의 일도 전혀 기억하지 못했다. 봄 소풍 얘기는 그렇다 치더라도 아무리 어릴 때 기억이고 세월이 많이 흘렀어도 그렇지, 어떻게 최초의 자기 담임선생을 기억하지 못할까. 괜히 서운했다. 아내도 그렇지만 여자들은 아이를 낳은 뒤로 그 이전의 기억을 송두리째 어디다 묻어놓고 오는 것 같았다.

처음부터 승현의 얘기는 하지 않으려 애썼다. 지웅의 얘기가 따라 나올까 불안했기 때문이다.

"그때 지웅이 반장이었는데……."

나도 모르게 지웅의 얘기가 삐져나왔다. 존재했던 친구를 존재하지 않았던 사람으로 간주하니 이야기가 잘 굴러가지 않았다. 서경은 눈을 크게 뜨고 나를 바라보았다.

얼른 이학년 때의 얘기로 물꼬를 돌렸다. 그녀가 일학년 때보다 더 잘 기억할 수 있을 거라는 생각은 핑계에 지나지 않았다.

이학년 때에는 나만 일반이고, 승현과 지웅 그리고 서경은 같은 삼 반이었다. 삼 반은 일학년 때 담임인 이명희 선생이 맡았다. 왠지 나만 따돌림을 당한 기분이었다.

그 시절에는 집마다 토끼를 한두 마리씩 키웠다. 우리와 지웅네 집도 마찬가지였다. 토끼들은 판자와 철망으로 만든 토기장에서 겨우내 마른 고구마 줄기와 짚을 먹고 자랐다. 끊임없이 먹어댔고 먹이는 늘 부족했다. 겨울이지만 토끼들에게도 가끔 싱싱한 풀을 줘야 했다. 우리는 추위 속에 마을 뒤 언덕배기나 논밭으로 토끼가 먹을 풀을 찾아다녔다. 황량한 겨울 벌판에 싱싱한 풀이 있을 리가 없었다. 아이들은 겨울 밭에 몇 포기씩 남아 있는 배추를 호시탐탐 노렸지만 입맛만 다셨다. 좁은 시골에서는 무슨 일이 일어나면 금방 들통이 났다.

우여곡절을 겪으며 토끼는 겨울을 났다. 봄이 되면 모든 동물이 그렇듯이 토끼도 짝짓기를 했다. 어느 봄날, 아침 일찍 일어나 토끼장을 들여다보았다. 평소와 다르게 토끼털이 수북이 쌓여 있었다. 털로 쌓인 작은 동굴에 발가벗은 새끼들이 눈을 감고 있었다. 일고여덟 마리 정도 되었다. 영락없는 쥐새끼였다.

지웅네 토끼도 새끼를 아홉 마리나 낳았다. 한 달 정도 지나자 새끼들이 앙증맞게 기어 다녔다. 지웅은 교실에서 날마다 토끼 새끼 얘기를 했다. 하루는 이명희 선생과 서경이 지웅의 집을 찾아왔다.

이명희 선생은 네 마리 하얀 토끼 새끼를 바구니에 담았다. 토끼를 쓰다듬으며 함박웃음을 지었다. 서경은 토끼는 보지 않고 나만 바라보았다. 그곳에서 만난 것이 이상한 모양이었다. 둘은 바구니를 들고 마을 입구까지 걸어갔다. 나는 아래쪽 논두렁을 따라갔다. 눈길을 끌려고 몇 번이나 빠르게 왔다 갔다 했다. 내가 바란 것은 이명희 선생의 눈길이었지만 서경이 계속 뒤를 돌아보았다.

얘기를 다 듣고도 서경은 아무 말도 하지 않았다. 하지만 이왕에 지웅의 얘기가 흘러나왔으니 이제는 숨기지 않을 생각이었다.

"샘이 너희 둘을 엄청나게 귀여워했지. 좌 지웅, 우 서경이란 말이 나올 정도로."

물론 이 말은 나중에 동창들이 모여 얘기할 때 나왔다.

"토끼 얘기도 처음 듣네. 넌 정말 많은 것을 기억하는구나."

별로 특이한 일은 아니었다. 시골 친구들도 다들 초등학교 일 이 학년 때의 일까지는 잘 기억하지 못했다. 하지만 내 머릿속에 는 아직 뚜렷하게 남아 있었다.

"그런데 아직도 송경심 선생은 생각 안 나?"

서경은 전혀 기억 속에 없다는 눈빛이었다.

나도 지웅의 얘기를 하면 늘 마음이 편치 않았다. 친구들도 그 의 얘기를 하다가 마지막에는 늘 같은 말만 반복했다.

"죽은 놈만 불쌍하지!"

서경은 아무 말도 하지 않고 나만 쳐다보았다. 처음 그녀가 포 토타임에 발을 딛던 날 어렴풋이 느꼈던 낯선 것이 이런 순간 때 문이었다. 그녀만 아는 기억들이 점점 나에게 가까이 다가오고 있었다.

이명희 선생은 사학년 때 다시 담임이 되었다. 하지만 사학년 을 마치고 도시로 전근을 떠났다. 그 후로 한 번도 소식을 듣지 못했다. 한 번은 마흔이 넘어 동창 모임을 갔을 때 누군가가 이명 희 선생이 얼마 전에 돌아가셨다고 했다. 그리고 순식간에 모두 슬픔에 잠겼다. 나도 돌아가시기 전에 한 번 뵀어야 했는데 하며 울적해 했다. 그날은 평상시보다 술을 더 많이 마셨다.

"이 샘이 돌아가신 거 알지?"

나도 모르게 입 밖으로 새어 나왔다.

"뭐? 이 샘이 돌아가셨다고? 아니야, 살아계셔!"

서경은 무슨 말도 되지 않는 소리를 하냐는 듯 눈을 크게 떴다.

"어떻게 알아?"

죄 짐을 덜 수 있겠다는 실낱같은 희망이 보였다.

"내가 교사 생활할 때 선생님과 자주 연락했어. 최근에도 몇 번 했고…… 지금 순천에 계셔."

갑자기 어리둥절해졌다. 그러면 그때 동창들이 얘기한 것은 무엇이란 말인가.

"선생님 바로 위 오빠가 돌아가시기는 했지. 그즈음으로 기억하는데 혹 그것 때문이 아니었을까?"

서경은 내 동의를 구했다. 우리는 잠시 가만히 마주 보았다. 서경을 만난 뒤로 갑자기 기억력에 자신감이 점점 없어지기 시작했다.

아직도 정염이 남아 있어

장마가 시작되었다. 아침부터 날씨가 후덥지근했다. 예전 장마철에는 이삼일 간 죽 비가 내리고, 하루 이틀 정도 갠 후에 다시 비가 내리곤 했다. 요즘은 짧은 시간에 무지막지하게 쏟아졌다가 언제 그랬냐는 듯 금방 그치기를 반복했다. 우리나라가 아열대 기후로 접어든다는 뉴스가 자주 흘러나왔다.

여느 때처럼 조회를 마치고 대한문 앞으로 세팅을 하러 가는 길이었다. 손수레에 음향기기를 실었다. 그날도 규정은 지각으로 마 부장한테 한소리를 들었다. 손수레에 손만 올린 채 강아지처럼 졸랑졸랑 따라왔다.

"규정이 너 일부러 어리바리한 척 굴지?"

추궁하듯이 째려보았다.

"아, 형님 왜 그러세요. 제가 왜 일부러 그러겠어요?"

손수레를 세우고 그를 똑바로 바라보았다.

"내가 보기에 넌 일부러 그래. 전섭이 그렇다고 하던데."

녀석은 눈을 동그랗게 뜨며 놀란 표정을 지었다.

"저처럼 매일매일 최선을 다해 회사 규칙에 맞게 열심히 사는 사람 있으면 한번 나와 보라 그러십시오."

또 매일 하는 말을 주절거렸다.

"규칙을 지킨다는 새끼가 그렇게 지각을 밥 먹듯이 해. 그것이 규칙을 지키는 거야?"

전섭은 규정이 밤 내내 게임을 한다고 했다. 한심하다는 듯이 바라보자 규정은 씩 웃었다. 두 줄의 치열교정 장치가 쑥스러운 듯이 모습을 드러냈다.

"전 저한테 이로운 규칙만 칼 같이 지킵니다. 그리고 일은 하지 않고 날름날름 월급만 받아먹고 싶습니다."

대놓고 속내를 드러냈다. 그는 침을 튀기며 주절거리더니 고개를 뒤로 젖히며 덥수룩한 머리카락을 넘겼다. 살면서 이런 녀석을 만나지 않으려고 그토록 조심했는데 결국 또 부딪혔다. 나는 안중에도 없다는 듯이 녀석은 다시 얘기를 시작했다.

"그런데 형님, 우리도 소 한 마리 키우면 어떨까요?"

비탈길을 내려가는 중이었다. 몸을 뒤로 젖히며 그를 돌아보았다. 녀석은 언제 그런 말을 했는지 기억에 없다는 듯 땅을 보며 터벅터벅 걸어왔다.

"손수레 끄는 것이 그렇게 싫어?"

녀석은 입을 벌린 채 웃었다. 치열교정 장치가 족쇄처럼 드러났다. 주둥이에 자물통을 채우고 싶었다.

녀석의 말대로 궁궐에서 소를 키우면 어떨까. 서울 한복판에 전통 의복을 입고, 소가 손수레를 끌고 궁궐 정원을 지나 궁성문까지 걸어간다면, 그림은 그럴듯하게 나왔다.

"그럼, 그 소는 어디다 키우고?"

그에게 자기가 내뱉는 말을 되돌려주고 싶었다.

"그거야, 뭐? 대충……."

그는 주위를 한번 빙 둘러보다가 씩, 웃었다. 소를 정원에 풀어놓으면 알아서 살지 않겠냐는 눈치였다. 정원은 잘 관리된 관목들이 심어져 있었다. 여기저기 모과나무와 사과나무가 서 있었다. 그들은 초록 잎 사이에 열매를 감춘 채 때가 오기를 기다리고 있었다.

"형님은 다 좋은데 그것이 문제예요. 그렇게 꼬치꼬치 캐물으니 애들이 꼰대라 그래요. 젊은 애들은 순간적인 유머와 재치를 원하지 구체적인 사고를 원하지 않아요."

꼰대라는 말이 귀에 거슬렸다. 자기들끼리는 벌써 나를 꼰대라고 부르고 있을 것이 뻔했다. 나이 들수록 준비도 되지 않았는데 어느새 늙은이로 취급받고 있었다. 뭐, 꼰대라면 어쩔 수 없었다. 하지만 녀석의 입을 한방 쥐어박고 싶었다.

"말은 또 잘해. 그건 그렇다 치고 네가 어떻게 연기를 하는지 도저히 이해가 안 된다."

수문군 교대의식을 하는데도 벌벌 떨면서 눈을 되록되록 굴렸다. 아무리 봐도 연기하고는 거리가 멀었다. 이곳 수문군에는 의외로 영화의 보조출연자와 연극계에 들락거리는 사람들이 많았다. 그곳에서 일하다 서로 알음알음으로 수문군으로 찾아온 모양이었다.

오전은 행사를 진행했다. 점심때부터 비가 오락가락했다. 두 번째 행사 시간이 다 되었다. 이런 날이 마 부장에게 제일 고역이었다. 마 부장은 삼십 분 전에 행사 진행 여부를 결정해야 했다. 그래야 제시간에 행사를 치를 수 있었다. 만약 교대의식이 불가능하다고 판단하면 신속하게 관계 기관에 그 사실을 알려줘야 했다.

마 부장보다 규정이 먼저 설레발을 쳤다.

"비야 와라, 비야 와라. 고운 비야, 어서 오너라!"

전섭이 지나가면서 한마디를 던졌다.

"초치고 자빠졌네. 꼴뚜기 왕자가 말하면 언제나 반대로야."

몇몇 수문군이 규정을 데리고 안으로 끌고 갔다. 모두 규정을 저주의 인간으로 취급했다.

이제 마 부장이 상황을 보고 최종결정을 해야 했다. 먼저 남쪽을 쳐다보았다. 그리고 동쪽 시청 광장 쪽을 쳐다보고, 마지막으로 덕수궁 미술관 쪽을 쳐다보았다.

"행사복, 입어!"

이 한 마디가 떨어지자 대기실은 파삭, 분위기가 깨지는 소리가 들렸다. 아무 말 없이 행사복을 주섬주섬 걸쳤다.

출발 장소인 덕수궁 돌담길에 모였다. 여전히 하늘에는 구름이 정신없이 움직였다. 아직 교대의식을 치르지 않을 가능성이 남아 있었다.

"비 온다, 비 와. 형님, 보십시오. 여기, 여기."

규정이 월도를 돌리자 옆면에 비가 서너 방울 떨어졌다. 규정은 얼굴 가득 흡족한 미소를 지었다. 나머지 수문군들도 기대 담은 눈으로 마 부장을 힐금거렸다.

"출발!"

마 부장은 자기도 귀찮다는 듯이 소리를 꽥 질렀다.

규정은 이럴 수 없다는 듯 입을 다물지 못했다. 수문군들은 힘이 죽 빠진 모습으로 꾸역꾸역 움직이기 시작했다. 마 부장에게 누구 하나 되물을 수도 없었다. 잘못 건드렸다가는 무슨 날벼락이 떨어질지 몰랐다. 행진을 하면서도 대한문 앞에 도착하면 분명 비가 쏟아질 것이고, 최소한 약식이라도 할 것이라는 일말의 희망을 잃지 않았다. 행사장에 도착했을 때는 언제 그랬냐는 듯 햇빛이 쨍쨍 비쳤다.

여름 햇볕은 행사장 바닥을 금방 달구었다. 행사도 중간을 넘어 어느새 포토타임이 시작되었다. 수문군들은 포토타임 형태로 정렬을 취했다. 기물을 세운 채 조각상처럼 서 있지만 다들 머릿속에서는 하지 않아도 될 행사를 한다며 투덜거렸다. 언제 나타났는지 기념사진을 찍으려 관람객들이 북적거렸다.

멍하니 서 있는데 갑자기 무언가 빠르게 움직이는 기운이 느껴졌다. 주위를 둘러보았다. 관람객들은 사진 찍기에 여념이 없었다. 마 부장이나 장 팀장 그리고 진행요원들도 별다른 움직임은 없었다. 수문군도 별 움직임이 보이지 않았다. 하지만 분명 움직이는 것이 있었다. 수문군들의 눈동자였다. 모든 시선이 수문장 앞에서 사진을 찍는 젊은 외국 여성들에게 몰렸다. 금발의 여자가 사진을 찍으려 앉아 있었다. 꼰 다리가 점점 벌어지며 분홍빛 속옷이 보였다. 관람객들도 그 여자를 힐금힐금 쳐다보며 지나갔다. 수문군들은 앞을 똑바로 보는 척하며 그 여자를 훔쳐보았다. 여자가 일어나자 가슴이 출렁거렸다.

붉은 레이저가 여기저기 움직이는 영화의 한 장면이다. 이리저리 움직이던 레이저가 모두 한곳으로 모였다. 한곳에 모인 레이저는 한참을 움직이지 않았다. 여자가 일어나자 레이저도 파다닥, 각자 제자리로 흩어졌다. 잠시 시간이 흐르자 레이저는 다른 목표물을 찾으려 뚜두두, 뚜두두 하며 이리저리 빛줄기를 내뻗었다.

"왜? 아직도 정염이 남아 있어?"

언제 왔는지 서경이 옆에 서 있었다.

행사장을 빠져나오는 수문군들의 얼굴에는 웃음기가 가득 차 있었다. 모두 소리를 죽여 킥킥댔다.

"야, 김규정. 신이 났구먼, 신이 났어!"

전섭은 실실 쪼개며 침을 흘리는 규정을 비꼬았다.

"아휴, 오랜만에 안구 정화했네."

규정은 흐흐거렸다. 비 때문에 받았던 스트레스를 한 방에 날려 버린 표정이었다. 퇴근길에 서경을 만날 생각을 하니 얼굴이 화끈거렸다. 수문군의 궁상맞은 속내를 들켜버린 꼴이었다.

지난날의 기억

서경은 전학한 뒤로 한동안 내 기억 속에서 자취를 감추었다. 다시 그녀가 떠오른 것은 중학생이 되어서였다. 유치하지만 순전히 '서경'이라는 두 글자 때문이었다. '서경별곡'이라는 고려가요를 공부할 때였다. 애절한 이별 노래 때문인지 그 가요를 읊조리자 그녀가 주르르 기억 속으로 들어왔다.

"그래서? 그 뒤로 또 나를 생각했어?"

아니었다. 그때 나는 사춘기였다. 그리고 한번 헤어진 사람은 영원히 만나지 못한다고 생각했다. 왜 그랬는지 몰랐다. 물론 서경에게 말하지 않았다. 아내도 그렇지만 여자들은 한 남자가 자기를 평생 기억해 주기를 은근히 바라는 눈치였다.

"그런데 몇 학년 때 전학을 했어?"

그녀가 언제 떠났는지 기억 속에 정확하지 않았다.

"삼 학년 초에."

이 학년 이후로 내 기억에 없는 이유가 이것 때문이었다. 그녀가 전학을 갔어도 같은 군 지역을 벗어나지는 않았을 거라 짐작은 했다.

"읍내 초등학교에 가장 오래 있었어."

"그랬구나. 가끔 학교 대표로 무슨 대회에 나갈 때면 네 생각이 나곤 했다."

글짓기나 고전 읽기 대회가 있을 때마다 그녀를 먼발치에서 보았을 터였다. 하지만 그런 가능성도 지금 생각한 것이지 그때는 사실 까맣게 잊고 있었다.

"중학교 때부터는 광주에서 다녔고……."

서경은 별 의미 없이 무덤덤하게 말했다.

"광주? 광주는 어디서 살았어?"

반가웠다. 최초의 유학이랄까, 뭐 그런 곳이 광주였다.

"농장 다리 근방에서 살았는데, 너도 광주에서 다녔어?"

아, 고등학생 때 어느 한순간 우리는 등하굣길에서 마주쳤을지도 몰랐다. 농장 다리로 가는 고급 주택가에 심어진 모과나무도 떠올랐다. 정원에 관상용으로 심어놓은 모과나무에는 커다란 모과가 달처럼 환하게 달려 있었다.

하지만 왠지 이야기를 초등학교에서 건너뛰면 안 될 것 같았다. 게다가 오늘은 더 얘기할 흥미마저 떨어졌다. 비록 기억이지만 처음부터 서경과 나는 길이 상당히 엇갈렸다. 얘기하면 할수록 더 두드러지게 나타났다. 왜 그럴까? 지금까지 내가 기억을 잘못하고 있는 것 같아 마음에 걸렸다. 아니면 편하고 좋은 것만 기억하고 있지 않을까 싶어 내심 두려웠다.

"내 전학 갈 때 기억나는 거 뭐 없어?"

서경이 나를 빤히 쳐다보았다. 전혀 어떤 기억도 없었다.

그다음 날도 수문군 행사를 마치고 서경을 만났다. 말채나무 아래였다.

"덕수궁은 나한테 좋은 기억들이 많아. 또 너를 만나 어릴 적 이야기를 하니 더 마음에 든다."

말없이 서경의 다음 말을 기다렸다.

"대학에 들어가고 얼마 후 서울에 올라오게 되었어. 사월 오일 식목일. 그날 덕수궁에 눈이 내렸어!"

설마 하며 그녀를 바라보았다. 가끔 사월에도 강원도 쪽에서는 눈이 내리지만 서울 한복판에 눈이 내렸다는 말은 처음 들었다.

"아니야. 지금도 너무 선명해."

서경은 서울역에 내려서 덕수궁까지 걸었다. 자그마한 궁이었지만 그녀에게는 진짜 넓어 보였다. 그런데 덕수궁 안으로 들어오자 갑자기 날씨가 시커멓게 변했다. 그리고 눈이 내리기 시작했다.

"그때 내가 꿈속에 있는 줄 알았어. 대한문을 통해 저기, 중화전 앞길로 죽 걸어왔거든. 그리고 이 말채나무 앞을 지나 석어당까지 걸었어. 하얀 눈이 나무와 길을 다 덮었지. 진짜 환상적이었어."

그때 서경은 석어당 오른쪽 담 옆에 서 있는 살구나무 아래에서 걸음을 멈췄다. 나무를 올려다보았다. 살구나무는 긴 겨울을 견디고 막 꽃망울을 터뜨릴 때였다. 그 위에 하얀 눈이 꽃처럼 달려 있었다. 아직 아침저녁으로 쌀쌀한 날씨라 봄꽃이 피려면 며칠은 더 지나야 했다. 오랜 건물 옆에 핀 눈꽃이라 더 운치가 있었다. 석어당 근처에는 살구나무 외에 다른 나무는 없었다. 마치 누군가가 자신을 위해 크리스마스트리를 준비한 것이 아닐까 착각할 정도였다.

그녀가 석어당 앞 살구나무를 얘기할 때 마음이 움찔했다. 석어당에 서려 있는 역사의 음울한 기운이 생각났기 때문이었다.

임진왜란이 끝나고 서울로 돌아온 선조는 마땅히 갈 곳이 없었다. 할 수 없이 이곳 덕수궁에 자리를 잡고 살구나무가 있던 석어당에 머물렀다. 선조는 석어당 앞 살구나무 그늘에서 백성들보다는 자기 왕조 앞에 죄를 지었다고 죽을 때까지 괴로워했다.

석어당에는 또 한 여인의 원한이 머물러 있었다. 광해군에게 핍박받은 인목대비가 이곳에 유폐되었다. 인조반정에 성공한 공신들은 광해군을 포박해 석어당 앞에 무릎을 꿇렸다. 인목대비는 무릎 꿇은 광해군의 목을 치라고 고래고래 소리를 질렀다. 가까스로 목숨을 건진 광해군은 제주도 유배로 마무리되었다. 지금도 석어당 앞 살구나무에 꽃잎이 휘날릴 때면 인목대비의 서슬 퍼런 눈빛이 연상되었다.

"그런데 더 놀라운 것은 덕수궁을 나왔을 때야. 세상에! 덕수 궁 밖 도로에는 눈이 하나도 쌓여 있지 않은 거야. 다시 대한문 안을 돌아보았어. 거기 궁궐 안 벚나무에 진짜 눈이 꽃처럼 피어 있었거든. 시청 앞 도로에는 가볍게 비가 흩뿌린 흔적만 있었어. 신기하지?"

사월에도 덕수궁에 눈이 내렸을 수 있었다. 완전히 불가능한 일은 아니었다. 하지만 조금 의심스러웠다.

"시간이 지나갈수록 그 사실이 믿기지 않았어. 내가 꿈을 꾸었 나 했지. 그래서 어느 날 인터넷으로 신문 기사를 찾아보았거든. 분명히 그해 사월, 삼십 년 만에 서울에 눈이 내렸다는 기사가 나 와 있었어."

하긴 뭐, 그녀가 거짓말을 할 리가 없었다. 내리지 않은 눈을 내렸다고 우길 이유도 없었다. 지금 생각하면 그렇게까지 신기한 일도 아니었다. 덕수궁 대한문 앞은 이 땅에 일어날 일들의 전초 기지처럼 별의별 일들이 소용돌이치는 블랙홀 지대였다. 서울에 서 이십 년 넘게 살다 보니 이제 세상에 무슨 일이 터져도 놀랍지 않았다. 이렇게 무감각해지면서 노인이 되는 것이 인생이 아닐까 하는 생각이 자주 들었다.

저녁 식사를 겸해 덕수궁 뒤편의 술집으로 갔다. 안주가 푸짐해 수문군 동료들과 자주 가는 선술집이었다.

　"여기 겉과 달리 아늑하다, 그렇지?"

　서경은 기분이 들떠 보였다. 탁자에 앉자마자 시래깃국이 나왔다.

　"술은?"

　서경을 바라보았다. 무슨 술을 마시는지 약간 궁금하기도 했다.

　"난 소주로."

　조금 의외였다. 하긴 조금 독하기는 하지만 막걸리보다 마시기엔 깔끔했다. 술을 한 잔씩 하는데 접시에 삶은 꼬막이 나왔다. 새꼬막에 드문드문 참꼬막이 섞여 있었다. 꼬막을 까니 말랑말랑한 알맹이에 진갈색의 국물이 고여 있었다. 뜨거운 물에 살짝 삶은 것이었다.

　"이 집은 꼬막 데칠 줄을 안다니까. 맛있지?"

　서경도 먹어보고는 엄지를 치켜세웠다. 대부분 술집에서 나오는 꼬막은 더운물에 푹 삶은 것이었다. 더운물에 오래 삶으면 속이 꼬들꼬들해져서 진한 맛이 사라졌다. 서울 사람들은 그런 꼬막을 좋아했다. 꼬막은 살짝 데치는 것이 진짜 맛있다. 그런 꼬막은 알맹이에 윤이 자르르 흐르고 안에 국물이 고여 있었다. 국물은 맛이 진하고 간간했다. 밥 없이 먹어도 질리지 않았다.

"시골 사람처럼 꼬막을 잘 까네."

그녀도 도시 애들처럼 꼬막을 제대로 까지 못할 줄 알았다. 어린 시절에 학교 근처에서 상가나 식당을 하는 아이들은 도시 애들 느낌이 났다. 말할 것도 없이 교사인 아버지를 둔 서경은 시골 촌놈인 나와는 다른 도시 사람처럼 느껴졌다.

"아니야! 나도 진짜 시골 사람이야."

피식, 웃고 말았다.

꼬막 옆에 악력기처럼 생긴 조그만 도구가 놓여있었다. 그녀에게 도구를 가리켰다.

"꼬막 까는 기구야. 우리는 잘 까니 필요 없잖아?"

그것을 껍데기가 맞닿은 움푹 팬 곳에 넣고 비틀면 꼬막이 벌어졌다. 그녀는 나를 보며 웃었다.

우리는 금방 소주 한 병을 비웠다. 술집에는 사람들이 많지 않았다.

"술 좀 마시는가 보네. 못 마시게 보이는데."

"전에는 못 마셨어. 그런데 살다 보니 늘데."

꼬막 한 사발이 금방 바닥이 났다. 술은 이제 막 당기기 시작했다. 우리는 벽에 붙은 메뉴판을 보았다.

"과메기 어때? 요즘 과메기가 참 맛있어."

서경은 정말? 하는 듯이 바라보았다.

"우리 쪽에서는 별로 안 먹잖아. 그런데 요즘 아주 맛있어졌어.”

최근에 먹어 본 과메기는 비린내가 없고 꼬들꼬들하며 졸깃졸깃했다.

잠시 후에 엇비슷하게 썬 과메기가 나왔다. 마늘과 가늘게 썬 양파 그리고 김이 함께 탁자에 놓였다. 과메기에 양념을 발라 김에 싸서 먼저 시범을 보였다. 그녀도 조심스럽게 따라 했다. 서경은 미간을 좁히며 천천히 음미했다.

“음, 괜찮은데. 생각보다 맛있다!”

우리는 소주 세 병을 마셨다. 아직 여름 열기가 남아 있는 초저녁이어서인지 금방 취했다. 나는 전에 대답을 듣지 못해 궁금했던 것을 물었다.

“그런데 너 전학 갈 때 무슨 일이 있었는데?”

그녀는 아무 말 없이 웃기만 했다.

그다음 날 점심시간에도 그녀는 말채나무 아래에서 책을 읽고 있었다. 멀리서 바라보다가 다른 길로 돌아갔다. 부담스러웠다. 그녀를 만나 지난날의 기억을 쏟아놓은 것이 조금 후회가 되었다. 생소한 사람에게 술기운에 하소연을 털어놓은 다음 날 드는 기분이었다. 다음 날도 그녀는 말채나무 아래에서 책을 보며 앉아 있었다. 멀리서 바라만 보다가 돌아왔다.

대사모와 한 배를 타다

    수문군들은 은근히 토요일을 기다린다. 토요일은 오후 두 시부터 대한문 앞에서 집회가 열린다. 오전 한 번만 행사를 치르면 오후 두 번의 행사는 하지 않는다. 오방 입장에서는 칠십여 번의 발차기를 하지 않고, 엄고수는 오십 번의 북을 치지 않아도 된다. 그만큼 발과 어깨 근육을 쉬게 할 수 있다. 토요일이면 수문군들의 발걸음은 가볍고 목소리에 생기가 돌고 얼굴에 웃음이 넘친다. 일요일만 버티면 다음 날인 월요일은 쉰다. 일주일의 팔부능선에서 보너스를 받은 기분이다. 집회로 인한 행사 취소는 쥐꼬리만 한 월급에 아무런 지장을 주지 않는다.

    처음에는 다들 그저 대사모가 집회를 하는구나, 그렇게만 생각했다. 집회가 한 달 이상 이어지자 너도나도 대사모가 끈질기게 싸우기를 바랐다. 가끔 집회 날에 사람이 뜸하면 적이 불안해

했다. 한 달이 지나고 두 달이 지나면서 계절이 바뀌어도 집회가 계속되자 이제는 당연한 것처럼 여기게 되었다.

"우리 솔직히 양심에 꺼리지 않나요?"

평소 올바른 소리를 잘하는 문환이었다.

"우리는 그들에게 뭐라 할 자격이 없어. 이미 그들과 한배를 탔어. 대사모는 꼭 필요한 존재야."

전섭이 실실 웃으며 말했다. 오직 반나절 쉰다는 사실이 중요했다. 가장 신난 사람은 규정이었다.

"형님, 오늘도 대사모 집회하죠? 꼭 해야 하는데……."

규정을 멀뚱히 쳐다보았다. 그는 왜 그러냐며 커다란 눈을 굴렸다.

"평소에도 개기는 놈이 토요일까지 쉬길 바라?"

녀석은 씩 웃었다.

"평소에는 개기고 토요일에 쉬면 더 좋잖아요?"

전섭이 말참견을 했다.

"어이, 꼴뚜기 왕자! 사회가 격변하면 할수록 우리 수문군한테는 좋은 거야."

전섭은 자기가 말해 놓고도 쑥스러운지 살짝 웃었다. 규정은 어, 이 새끼 봐라는 듯 쳐다보았다.

궁궐 수문군은 시민들의 생활과는 반대였다. 시민들이 불편하면 수문군은 편했다. 반대로 시민들이 편하면 수문군은 힘들었다. 날씨도 마찬가지였다. 날씨가 좋지 않아 시민들이 불편하면 수문군은 편했다. 눈이나 비가 내리고 춥거나 더우면 수문군은 교대의식을 하지 않았다. 덕수궁 앞에서 집회가 있으면 수문군은 대기 상태로 쉬었다. 거의 모든 것들이 시민들의 생활과는 반대로 흘렀다.

집회 초기에 대사모 회원들은 아침 일찍부터 덕수궁 앞으로 몰려들었다. 수문군 교대의식을 관람하며 집회가 열리기를 기다렸다. 수문군 교대의식을 자기들 집회의 리허설처럼 여겼다. 하지만 갈수록 사람들의 숫자가 줄어들었다. 나중에는 겨우 스무 명쯤 모일 때도 있었다. 수문군들은 혹시 집회가 취소될까 봐 늘 조마조마했다.

마 부장은 교대의식에 욕심이 많았다. 하루는 상황을 지켜보더니 대기실에 무전을 날렸다. 행사복으로 갈아입고 대기실에서 기다리라 지시했다. 오후 두 시가 다 되어도 대사모가 집회할 낌새가 없었다. 마 부장은 바로 무전을 때렸다.

"당장 출발하라, 오버!"

수문군들이 에이, 하고 짜증을 냈다. 수문군들은 터덜터덜 기물을 들고 패잔병처럼 대한문 앞으로 나갔다.

수문군들이 도착했을 때 행사장은 상당히 시끄러웠다. 대사모 회원들과 마 부장이 언성을 높여 싸우고 있었다.

"왜 우리 집회를 방해해! 이런 빨갱이 새끼들아!"

술을 한잔 걸친 대사모 어른이 소리를 질렀다.

"빨갱이요? 우리가 어찌 빨갱이입니까?"

"우릴 방해하면 모두 다 빨갱이야!"

마 부장의 얼굴이 붉으락푸르락해졌다. 노인에게 다가가자 장 팀장이 재빨리 막았다.

"지금 집회도 하지 않잖아요?"

마 부장이 소리를 질렀다. 두 사람의 말싸움과 상관없이 수문 군들은 교대의식을 진행했다.

"정위!"

참하가 구령을 하는 중간중간 서로 삿대질하며 윽박지르는 소 리가 들렸다.

"너희 빨갱이 놈들! 이따위로 놀 거야?"

참하가 다음 구령을 크게 외쳤다

"초엄!"

곧이어 수문군들이 다 같이 초엄을 따라 했다. 목소리가 길게 늘어지며 힘이 없었다.

"수문군 교대식이고 뭐고 다 걷어치워. 우리 집회하는데 어디 서 방해를 해!"

나이 든 사람들이 행사장 중앙으로 들어와 팔을 휘저으며 악 을 썼다.

"왜 교대의식을 못 하게 해요? 안전요원, 뭐 해? 빨리 이 양반들 밖으로 내보내!"

마 부장이 크게 소리를 질렀다.

"중엄!"

갑자기 수문군들의 재청하는 목소리가 커졌다. 마 부장은 당연히 자기를 응원하리라 생각했다. 술 취한 노인이 수문군 쪽을 돌아보았다. 왠지 수문군들이 자기들을 응원하는 것처럼 들렸다.

여자 사회자의 안내 말이 뒤를 이었다.

"중엄은 교대하는 수문장이 부신을 맞추고 위장패를 인수인계하는 절차입니다."

참하의 구령이 이어졌다.

"삼엄!"

수문군들의 목소리가 한층 더 커졌다. 늙은 대사모 회원은 고개를 갸웃거리더니 있는 힘껏 소리를 질렀다.

"탄핵 무효! 탄핵 무효!"

늦게 도착한 대사모 회원들이 하나둘 모이기 시작했다. 시위자들이 금세 서른 명 이상 불어났다. 인원이 많아지자 차단선을 넘어 행사장 안으로 밀고 들어왔다. 마 부장이 고군분투하지만 힘이 달렸다.

마 부장은 사회자에게 사인을 보냈다. 사회자가 안내 방송을 시작했다.

"오늘 '궁궐수문군 교대의식'은 집회 관계로 여기서 마칩니다.

다음 교대의식은 ······."

행사장을 빠져나오는 수문군들이 서로 눈빛을 교환하며 키득거렸다. 대사모 회원들은 여전히 악다구니를 썼다. 마 부장은 맥이 빠진 채 맨 뒤에 따라왔다.

수문군 교대의식을 마치고 대기실로 돌아오는 길은 관광객들로 가득 차 있었다.

"나라를 위해 정말 고생이 많으십니다."

단체로 덕수궁 관광을 온 할머니와 할아버지들이 손뼉을 치며 반겼다. 빨갱이란 욕을 들었던 터라 기분이 묘했다.

"우와, 멋있어요. 정말 멋져요."

교복을 입은 여학생들이 호들갑을 떨었다. 그들은 반응을 즉각 내비쳤다.

"와, 멋있다. 나도 아저씨들처럼 되고 싶어요."

포동포동 살이 찐 꼬마 녀석이 헤벌쭉 웃었다. 아이의 어머니가 어이없다는 듯 째려보더니 머리통을 쥐어박았다.

"너, 공부하지 않으면 나중에 저 사람들처럼 된다."

돌담길에 한 무리 학생들이 지나갔다.

"야야, 저 사람들 공익이야? 그런데 늙은 포졸들도 상당히 많네."

한 녀석이 앞에 가는 아이들한테 물었다. 가슴이 뜨끔 했다.

"아냐. 저 사람들 알바야, 알바. 별거 아니야."

짱인 듯한 녀석이 수문군이 지나가든 말든 거리낌 없이 내뱉었다.

"아저씨, 월급이 얼마예요?"

수문군들은 하루에도 이런 얘기를 여러 번 듣곤 했다.

"공부 잘했어도 이곳에 올 수도 있단다. 그런데 월급은 왜 물어봐. 상놈의 새끼야!"

옆에서 걷던 전섭이 씨부렁거렸다. 시민들이 그러든 말든 수문군들은 오늘도 하루가 지나가는구나 하며 대기실로 돌아왔다.

하루는 점심을 마치고 궁궐 산책 후 대한문 앞 집회 현장을 지나갔다. 사람들로 북적였다. 연단 앞자리에 앉아 있는 사람들은 대부분 노인이었다. 몇몇 적색 이름표를 단 군복에 선글라스를 낀 사람이 배를 내밀고 지휘봉을 들고 돌아다녔다. 연단에는 양복을 입은 신사가 연설을 했다. 목소리 톤이 목사가 틀림없었다.

"요즘 이스라엘과 우리나라가 한 민족이라는 설이 꽤 설득력을 얻고 있습니다. 야곱의 다섯째 아들인 '단'이 우리 조상이라는 겁니다. 열두 아들이 각각 흩어져 열두 지파를 이룰 때 '단'도 독립을 해 남쪽으로 이동을 하다가 한반도로 들어와 '단군'이 되었다는 것이 정설입니다. 이것은 제가 주장하는 것이 아닙니다. 히브리 대학의 랍비들이 주장하는 내용입니다."

듣자마자 퍼뜩 '한단고기'라는 고대 역사서가 떠올랐다.

대사모 초기 집회 때는 한 스님의 팻말에 적힌 문구 또한 기억에 남아 있었다.

'빨갱이는 죽여도 된다!'

팻말을 보고 눈을 의심했다. 좀 더 가까이 다가갔다. 마흔쯤 되어 보이는 중은 빡빡 깎은 머리를 치켜들고 증오의 눈빛으로 나를 쳐다보았다.

대한문 앞은 용암이 들끓고 있었다. 언제 솟구칠지 몰랐다. 골치가 아파 얼른 머리를 흔들었다. 내 처지도 힘든데 거창하게 민족이나 종교까지 생각할 겨를이 없었다. 이렇게 점차 나이를 먹고 보수화되며 꼰대로 변하는구나 하는 생각이 들었다. 터벅터벅 걸어서 대기실로 돌아왔다.

대기실 안은 자기 세계에 빠진 수문군들로 가득 차 있었다. 게임을 하거나 스마트폰으로 인터넷에 눈을 꽂고 살았다. 왠지 이들은 희망이란 낱말을 지우고 사는 것처럼 보였다. 꽉 막힌 현실이라 언뜻 이해는 할 수 있지만 선뜻 마음에 와 닿지는 않았다. 어쩌면 이들은 한평생 이곳을 벗어나지 못할 것만 같았다. 문득 나도 나머지 생을 여기서 보내지 않을까 하는 불안이 혀를 날름거렸다.

둘리파와 꼴뚜기파

도식은 벌써 한여름 수문군 생활에 대해 과장해서 얘기하고 다녔다.

"요즘 숭례문 순라는 아무것도 아니야. 예전에는 하루에 두 번이나 순라를 갔어."

순라는 수문군이 행렬을 지어 일정한 거리를 오가는 것을 말한다.

"하루에 두 군데를요?"

들어온 지 한 달도 되지 않은 영준이 물었다. 지금은 다들 하루에 한 번뿐인 숭례문 순라마저 힘들어했다.

"맞아. 그때는 오전에 한 번 그리고 세 번째 타임에 광화문이나 보신각으로 한 번 더 갔어."

"오전 순라만 가도 행사복이 땀에 다 젖는데, 그 옷을 입고 또

가요?"

영준은 겁먹은 표정으로 도식에게 물었다.

"밖에서 말려 입고 다시 또 순라가고 그랬지. 땀 냄새가 말도
못 해."

다음 날 행사복을 입으면 쉰내가 났다. 도식은 그 시절의 시련
을 너희들이 알 수가 없을 거라며 거드름을 피웠다. 나이 든 축들
은 아무 말도 하지 않고 그냥 그가 하는 말에 웃고만 있었다.

수문군이 가장 힘든 계절은 겨울보다는 여름이다. 겨울은 영
하 7도가 되어야 행사를 취소한다. 게다가 추운 기간이 의외로
짧다. 방한복도 의외로 잘 갖춰있다. 휘항을 쓰면 웬만한 추위는
끄떡없다. 발은 목화 안에 두 벌의 양말을 신으면 그런대로 추위
를 피할 수 있고 손도 방한 장갑 속에 면장갑을 하나 더 끼면 괜
찮다. 하지만 여름은 섭씨 30도가 넘어도 교대의식을 진행한다.
더구나 그 더위에 2km 거리에 있는 숭례문까지 순라를 가야 한
다. 폭염주의보가 뜨면 순라는 가지 않지만 교대의식 행사는 그
대로 진행한다. 폭염경보가 떠야 모든 행사를 취소한다. 30도는
말이 30도지 실제 체감 온도는 삼사 도가 더 높다. 그 뙤약볕에
행사를 치르고 순라를 간다.

순라를 갔다 오면 에어컨 앞은 북새통을 이뤘다. 에어컨을 막
지 말라고 큰소리를 치는 사람, 웃통을 벗고 돌아다니는 사람, 미
리 냉장고에 얼려놓은 물을 들이켜는 사람으로 대기실은 시끄러

웠다. 대기실은 좁고 남자들이 많으니 싸움이 자주 일어났다.

막 순라를 갔다 온 도식이 웃통을 벗고 수돗가에서 등목을 했다. 원래 등목은 뒤쪽에 있는 샤워실을 이용해야 하지만 샤워실은 한참 돌아가야 하니 다들 귀찮아했다. 굳이 다음 행사 때 또 땀에 젖을 것인데 하며 가볍게 등목만 하려는 사람들이 많았다. 지나가던 기진이 그 장면을 보았다. 곧바로 장 팀장에게 일러바쳤다. 장 팀장이 도식을 불렀다. 웃통을 벗고 땀을 닦던 도식은 눈을 동그랗게 뜨고 장 팀장 앞에 섰다.

"수돗가에서 등목하지 말라고 했어, 안 했어?"

"못 들었는데요?"

"왜 혼자만 못 들어? 전번 조회 시간에 민원이 들어왔다고 하지 말라 했잖아? 다른 사람들이 거기서 등목 하는 거 봤어?"

"아니 내가 왜 거짓말을 하겠어요. 못 들었으니까 못 들었다고 하죠."

여자 사회자들이 자주 지나다니는 길목이기도 하지만 사실은 공무원이나 시민들의 눈총 때문이었다. 하지만 순라를 갔다 오면 덥고 땀은 끈적끈적하니 손을 씻다가도 등목을 하는 경우가 많았다. 수문군들은 다들 보고도 모른 척했다. 하필 기진한테 걸린 것이 화근이었다.

화가 머리끝까지 오른 도식은 슬렁슬렁 걸어가더니 기진의 맞은편에 앉았다.

"어떤 놈이 일렀는지 몰라도 그 새끼는 얼마나 잘하는지 보겠어."

기진은 아무 말 없이 컵라면을 먹고 있었다. 힐금 그를 쳐다본 도식은 다시 한번 구시렁거렸다.

"아휴, 어떤 놈인지 상판대기를 그냥……."

도식은 의자에서 일어나 두 팔을 올리고 고개를 숙여 원투 펀치를 날리는 시늉을 했다. 기진이 벌떡 일어났다.

"아니, 하지 말라는데 왜 해. 안 하면 되잖아. 한 사람 때문에 모두가 왜 욕을 먹어?"

"그래 네가 꼰질렀단 말이지. 그래 너 잘났다. 여기 오래 있었던 것이 자랑이다, 자랑. 만날 개기며 거드름만 피우는 새끼가."

"방금 뭐라 그랬어?"

둘의 목소리가 커지며 탁자를 사이에 두고 얼굴을 들이댔다.

"둘 다, 그만해!"

장 팀장이 소리를 질렀다. 도식은 씩씩거리며 밖으로 나갔다.

"날씨가 더워지니 벌써 지랄들 하기 시작하는구먼."

장 팀장이 혼잣말처럼 중얼거렸다.

도식은 '둘리파'다. 둘리파는 함께 어울리는 사람들이 아기 공룡 둘리를 닮아서 그렇게 불렸다. 그들은 식탐이 많아 양볼이 볼록하고 턱선은 감자처럼 두루뭉술했다. 모르겐이라는 무한리필 뷔페를 자주 애용했다. 주된 구성원은 도식을 포함해 다섯 명가

량이다. 출근하자마자 그날 모르겐 메뉴가 무엇인지로 아침 인사를 대신했다. 고기가 나오는 날은 모르겐 뷔페에 들러 폭식을 즐겼다. 모르겐으로 시작해 모르겐으로 하루를 마감했다.

"우리나라 사람들은 지금보다 고기를 더 많이 먹어야 해요. 아직 한참 부족해."

그들이 이구동성으로 자주 하는 말이었다. 고기를 먹는 것이 아니라 흡입한다고 해야 할 정도였다.

특이한 것은 이들 대부분은 술을 마시지 않고 여자를 사귀지 않았다. 두 가지를 낭비라 생각했다. 수문군에 들어온 지는 십 년 가까이 되었다. 남의 일에 무관심했고 사람들 앞에 나서지도 않았다. 그냥 한 해가 아무 탈 없이 지나가기만 바랐다. 그들을 볼 때마다 서식지가 파괴되어 수문군 대기실로 피난 온 초식 공룡들이 떠올랐다. 항상 전성시대를 그리워하는 듯 눈망울은 우수에 젖어 있었다.

오래 지내다 보니 둘리파와도 조금 친하게 되었다.

"형님! 여기서는 일한 만큼 손핵입니다."

도식이 웃으며 다가왔다.

처음에는 기분이 언짢았다. 조직에 있으면서 어떻게 저런 말을 할 수 있을까. 하지만 이제는 이런 농담도 가볍게 받아넘겼다. 그들은 십 년 가까이 똑같은 환경에서 똑같은 동작의 반복으로 매너리즘에 빠져 있었다. 매너리즘은 전파력이 강했다. 일이

년 정도 수문군에 있다 보면 거의 모든 사람이 자기도 모르게 이런 매너리즘에 젖어버렸다.

"나는 조직보다 자신을 위해서 일을 한다고 말했잖아!"

"형님, 얼마나 오래 가는지 한번 보겠습니다. 지금처럼 삼 년은 하셔야 합니다. 하여튼 열심히 하십시오."

둘리파는 우수 수문군을 뽑을 때마다 그들의 영향력을 과시했다. 우수 수문군이 획득한 득표수가 너무 낮으니 그들의 담합이 눈에 띄었다. 두 달 연속 우수 수문군이 둘리파에서 선출되자 누군가 마 부장에게 이런 사실을 일러바쳤다. 마 부장이 조회 시간에 주의를 줬다.

"그렇게 말을 해도 안 듣습니까. 여러분을 위해서 투표를 하는데 이런 식으로 하면 결국은 피해가 여러분한테 갑니다. 친한 사람이나 옆 사람 찍지 마시고 진정 우리 수문군을 위하는 사람에게 표를 던지십시오."

다들 고개를 숙이고 아무 말도 하지 않았다.

"다섯 명이 뭉치면 한 사람 우수 수문군 만들기는 쉽습니다. 돌아가며 자기와 친한 사람만 찍는, 이런 식의 투표는 이번이 마지막입니다. 알았죠?"

모두 알았다고 큰 소리로 말했지만 곧이곧대로 믿는 사람들은 아무도 없었다.

마 부장의 말이 끝나자마자 규정이 둘리파에게 선전포고를 했다.

"야, 야! 둘리파! 너희들은 앞으로 내 앞에서 까불지 마! 내가 오늘부터 꼴뚜기파를 만들 거야. 이제부터 나한테 잘 보여!"

다들 픽, 웃어 버렸다. 규정은 계속해서 말을 했다.

"야, 김쩐섭. 너 꼴뚜기파를 어떻게 생각해?"

"꼴뚜기 왕자, 꼴값하고 자빠졌네."

전섭은 스마트폰에 눈길을 둔 채 툭 내뱉었다. 규정은 대답도 듣지 않고 벌써 저만치 떨어져서 도식과 장난을 치고 있었다.

며칠이 지난 후 규정에게 물었다.

"조직이 몇 명으로 늘었어?"

규정은 흐흐 웃으면서 아무 말도 하지 않았다.

"꼴랑 혼자지 뭐. 누가 꼴뚜기파에 가입하겠어. 고기라도 사 준다면 모를까."

전섭은 흐흥, 웃으며 규정을 놀렸다.

"이 새끼는 들어온다고 해도 안 받아줘. 재수 없는 새끼."

꼴뚜기파는 몇 달이 지나도 여전히 혼자였다. 하지만 그 사실을 아무도 몰랐고 누구 한 사람 알려고도 하지 않았다.

나에게 주어진 길

서경은 한동안 모습을 보이지 않았다. 그녀가 있다는 도서관 열람실을 찾아갔다. 도서관 입구는 대궐 대문처럼 크고 무거웠다. 일제 강점기의 관공서를 도서관으로 바꿔서 그런 모양이었다. 문을 밀고 들어가는데 왠지 어두운 과거 속으로 들어가는 기분이었다.

다행히 안은 밝고 깨끗했다. 계단을 통해 이 층 열람실로 올라갔다. 그녀가 이 층에서 책을 본다는 말을 언뜻 들었다. 열람실은 조용하고 시원했다. 생각보다 사람들이 많았다. 열람실을 천천히 살폈지만 그녀는 보이지 않았다.

혹시나 해서 맞은편 디지털 자료실에 가 보았다. 컴퓨터를 사용하는 사람들이 주로 이용하는 장소였다. 그곳에서도 서경을 찾을 수 없었다. 다시 한번 천천히 둘러보았지만 대부분 노인뿐이었다. 자료실을 나오려는데 도서관 여자 직원이 무엇을 도와 드릴까요? 하는 눈빛으로 다가왔다. 가볍게 왼손을 들어 괜찮다고 했다. 직원이 도서관을 이용하는 일반인까지 알 리가 없었다.

'혹시 거의 매일 도서관에 온다면 어느 한 좌석에 앉지 않았을까?'

디지털 자료실을 나오려는데 번뜩 이런 생각이 들었다. 그렇다면 직원도 그 사람이 눈에 익숙할 터였다. 돌아서서 직원에게 물었다.

"혹 지정석이 따로 있어요?"

여자 직원은 지정석은 없다고 했다. 하지만 자주 오는 사람은 대부분 조용한 안쪽에 앉는다고 했다. 서경의 모습과 얼굴에 대해 말하며 혹 아는지 물었다. 그녀는 살며시 미소를 지었다.

"아, 서 작가님을 찾으시는군요. 오늘은 안 나오셨는데요."

조금 어리둥절했다. 그녀에게 물었다.

"작가요? 서경 씨가 작가였어요?"

전혀 생각지 못했다.

"네에? 몰랐나요? 덕수궁에 계신 친구분이시죠?"

어떻게 아느냐며 눈을 크게 떴다.

"아, 서 작가님이 덕수궁 수문군에 친구가 있다며 점심을 자주 하러 갔거든요."

수문군 기본복도 여자 직원이 판단하는데 도움을 주었을 성싶었다.

"작가님은 오늘 도서관에 안 나오고 병원에……."

그 직원은 입을 다물었다.

"무슨? 혹시 어디 아파요?"

아니라고 고개를 저었다.

도서관 여자 직원과 짧은 시간 얘기를 나눴다. 서경은 직원은 아니지만 도서관에서 여러 가지 일을 하고 있었다. 도서관 직원들과 외부 행사를 의논하기도 하고, 직접 독서 강의나 글쓰기 강의를 맡기도 한다고 했다. 직원에게 고맙다고 말하고 도서관을 나왔다.

작가라? 무슨 작가지? 도서관을 나오자마자 얼른 스마트폰을 꺼내 검색란에 서경의 이름을 입력했다. 그녀와 같은 이름들이 주르륵 떠올랐다. 그녀는 맨 마지막에 있었다. 그녀가 쓴 책은 전부 네 권이었다. 동화 세 권과 청소년 소설 한 권이었다. 데뷔한 지 그리 오래되지 않아 보였다. 제목도 들어보지 못한 책들이었다. 작가라는 사실을 알고 나니 괜히 그녀와의 사이가 조금 멀게 느껴졌다.

다음 날 아침, 일찍 출근을 서둘렀다. 전철 안은 사람들로 붐볐다. 겨우 자리를 잡고 앉아 스마트폰을 꺼내 메모를 시작했다. 아주 오래전 중학교 다닐 때 외웠던 시를 적어 보았다. 한 줄 한 줄 천천히 적었다. 다행히 올록볼록하지만 머릿속에서 그런대로 흘러나왔다.

어린 시절에는 자주 이 시를 읊조리며 내 삶의 지표를 확인하곤 했다. 시구를 적으며 가만히 되뇌니 다시 그때로 돌아간 기분이었다. 스마트폰에 메모한 시를 다시 훑어보았다. 완벽했다. 다시 읽어 보았다. 뭔가 빠진 느낌이 들었다. 하긴 오랫동안 잊었던 시를 쉽게 썼다는 자체가 이상했다. 마지막에 한 구절이 빠져있는 것처럼 허전했다. 다시 읽어 보았다. 역시 그 부분이 걸렸다. 하지만 그 행에 들어갈 시구는 생각나지 않았다. 몇 번을 읽으며 시구를 생각했다. 떠오르지 않았다.

스마트폰으로 시를 검색했다.

'그리고 나에게 주어진 길을 걸어가야겠다.'

이 시구가 빠졌는데도 시 전체를 기억하는 것처럼 느끼는 데 아무런 지장이 없었다. 지난 시절의 기억의 한 부분을 잊어버려도 사는데 별지장이 없는 것과 비슷했다. 언제부터인가 '나에게 주어진 길'이란 시구를 잊어버린 것처럼 현실에서도 왜 사는지 망각하고 살았다는 생각이 들었다.

전철은 이제 당산역을 지나 합정역을 향했다. 창밖에는 한강이 흐르고 있었다. 언제부터 책을 손에서 놓았는지 생각했다. 아마 서울에 올라온 뒤부터 그랬을 터였다. 인터넷으로 이것저것 읽기만 하고 종이책은 거의 보지 않았다. 벌써 이십 년이 지나갔다. 물끄러미 창밖을 보았다. 강물은 아침 햇살에 반짝반짝 빛나고 있었다.

날마다 이곳을 지날 때면 강을 가로질러 건너편으로 건너고 싶은 충동에 빠지곤 했다. 몸에 걸친 것 하나 없이 맨몸 그대로 강 흐름을 느끼고 싶었다. 이 땅에 태어났으니 한강의 흐름이 어떤지 그 느낌 정도는 알아봐도 괜찮을 성싶었다. 당연히 관리자가 못 들어가게 하겠지만 한밤중에 몰래라도 건너고 싶은 욕심이었다. 수영을 하지 않은 지 오래되었지만 아직도 충분히 건널 자신이 있었다. 어릴 때 맨몸으로 저수지에서 수영하던 실력이면 충분히 가능했다.

처음에 천천히 헤엄치다 보면 자연히 수영 본능이 살아날 터이고, 그 힘을 조절하며 나아가다 보면 강 중간부터 몸이 스스로 물고기처럼 변하리라 믿었다. 그다음은 천천히 손발을 움직이고 있어도 물살이 저절로 건너편으로 데려다줄 것이다. 가만 생각해 보면 안전한 전철 안에 있는 나의 착각에 지나지 않았다. 하려고 하면 무엇이든지 할 수 있다는 유년 시절의 자만심에서 아직도 벗어나지 못하고 있었다.

다시 창밖을 바라보았다. 여전히 강물이 흘렀다. 점점 이런 생각을 하는 자신이 우스워졌다. 실제로 강물 속은 겉과 다르게 물살이 엄청 빠르고 바깥 온도보다 차가웠다. 평소에 운동도 자주 하지 않는 몸 상태로 강을 건넌다는 것은 어림도 없었다. 머리로는 충분히 할 수 있을 거란 예단을 습관처럼 자주 했다. 남들은 쉰 중반의 중늙은이로 보는데 아직도 젊은 놈들 못지않다고 자아도취에 빠져있었다.

전철은 이미 한강을 건너 합정역에 들어섰다. 계속해서 그 시인의 다른 시를 기억해 보았다. 아주 긴 시였다. 유년 시절에는 분명 줄줄 외웠던 시였다. 그 시를 한 줄 한 줄 스마트폰에 메모를 했다. 한 문단도 넘기기 전에 생각이 끊겼다. 젊은 시절의 수영 실력만 믿고 강을 건너다 툭, 기억의 장애물을 만났을 때 느낌이었다. 그 순간부터 허우적댔다. 희미하게 남아 있던 짧은 시는 어찌어찌 겨우 생각할 수 있지만 긴 시는 도저히 가닥을 잡을 수 없었다. 마치 처음 서울 바닥에 와서 정신없이 헤매던 시절의 막막함이었다. 끊긴 부분은 이름들이 나열된 부분이었다.

소학교 때 책상을 같이 했든 아이들의 이름과
패, 경, 옥 이런 이국 소녀들의 이름과
– 중략
비둘기, 강아지, 토끼, 노새, 노루
프랑시스잠, 라이너 마리아 릴케
이런 시인들의 이름을 불러봅니다.

　　　　　　　　　　　　　　　　– 윤동주의 「별 헤는 밤」

그다음 시구도 생각이 나지 않았다. 이 시를 외우지 못할 정도로 나 자신이 순수와는 멀어져 있다는 어설픈 생각이 들었다. 풋내기 소년 시절에나 할 법한 치기였다. 몇 번을 다시 되뇌었지만 머릿속에서 흘러나오지 않았다. 팍팍한 머리를 정으로 쪼고 싶었다. 머릿속에 들어차 있는 나태와 무지와 교만과 시기와 욕망과 욕정 들이 시를 두껍게 덮고 있었다. 수문군의 날 선 환도로 뇌 표면에 끼어있는 찌꺼기를 슥슥, 벗겨내고 순수했던 유년 시절로 돌아가고 싶었다.

대사모와 쌍용자동차

대기실에 도착하니 벌써 네댓 명이 출근해 있었다. 모두 얼굴에 웃음꽃이 활짝 피어 있었다.

"오다가 보셨어요? 대한문 앞에 대사모가 텐트를 쳤어요."

수문군에 들어온 지 몇 달 되지 않는 영준이라는 녀석이었다. 속으로 혀를 끌끌 찼다. 행사를 하지 못하게 됐는데 신입이 벌써 저렇게 노골적으로 좋아하다니. 수문군 조직이 걱정되었다.

"원형이 형, 좋으면 좋다고 해. 안 그러면 꼰대 소리 들어."

마 부장이 이런 속마음을 비웃기라도 하듯이 쿡 찔렀다.

"토요일도 아닌데 무슨 일이래요?"

마 부장의 얼굴을 보며 따지듯이 물었다.

"나도 모르겠소. 쌍용자동차 노조하고 붙은 것 같은데…… 하여튼 첫 대 수위군은 준비해서 나가 봅시다."

마 부장은 한숨을 쉬었다. 얼른 준비하고 대한문을 향했다. 일주일 동안 양기진과 함께 수위군에 편성되었다.

우리가 도착했을 때 대한문 앞에는 천막 네 동이 쳐져 있었다. 세 동은 대사모 천막이고 나머지 한 동은 쌍용자동차 노조의 분향소였다. 대사모는 덕수궁 광장 쪽에 쌍용자동차 분향소는 지하철 출구 쪽에 있었다. 대사모 천막 앞에 세워 놓은 차에서 랩이 쏟아졌다.

아침이라 사람들이 많지도 않은데 랩으로 정신이 없었다. 대사모와 어울리지 않는 랩이라 그런지 더 어수선하게 느껴졌다. 이들은 평상시에 '나의 조국'과 '전선을 간다'와 같은 군가를 틀어놓았다. 옆에 월도를 세우고 서 있는 양기진에게 물었다.

"누가 부르는 랩이야?"

양기진과는 여전히 서먹했다. 요즘은 나를 형이라고 부르지만 그 말을 곧이곧대로 듣고 싶지 않았다. 아직은 일정한 거리를 유지했다.

"자기들이 만든 랩인데 유튜브에 들어가면 있대요."

처음 듣는 얘기였다. 이들은 랩은커녕 평생 군가만 틀 것으로 생각했다. 이제 예전의 운동권처럼 노래의 무기성을 터득한 모양이었다.

지난 토요일에는 아침부터 아주 익숙한 가락이 흘러나왔다.

"000 물러가라. 홀라, 홀라! 000 물러가라. 홀라, 홀라!"

세팅을 하던 수문군들이 손뼉을 치며 웃었다.

"5·18 때 광주에서 불렀던 노래잖아?"

척척박사 전섭이 소리쳤다. 그때와 상대만 바뀌었다. 지금 노래를 튼 대사모는 그런 사실을 알고는 있을까. 그 리듬과 박자가 집회를 하거나 선동을 하는데 어울리기에 선택했을 수도 있었다. 하지만 일본군이 독립운동가를 부르는 격이었다. 역사의 아이러니다.

2012년 즈음에 시작된 쌍용자동차 노사분쟁은 많은 해고자를 만들었다. 투쟁이 장기화되자 해고자 중에 자살하는 사람들이 늘어났다. 이번 분향소가 벌써 서른 번째였다. 도대체 대사모가 왜 저러는지 감이 오지 않았다. 곁에서 마 부장과 덕수궁 직원이 대화를 나누고 있었다.

"쌍용자동차 노조가 오전 시간에 이곳에 집회 신청을 했는데 대사모에서 못하게 막는대요."

덕수궁 직원의 말이었다.

"왜 그러지? 집회를 중복되게 신청하지는 않을 텐데?"

마 부장이 행사장을 둘러보며 의아해했다.

"쌍용자동차는 오전 아홉 시고 대사모는 두 시인데 쌍용자동차가 한 번 들어서면 자기들 자리가 위협받는다 생각하는가 봐요."

덕수궁 직원이 계속 말을 이었다.

"쌍용자동차 노조는 49재까지만 이곳에서 노제를 치른다고 하고 대사모는 거짓말하지 말라고 그러는가 봐요."

대충 상황이 짐작되었다.

갑자기 대사모 한 사람이 차를 몰고 쌍용자동차 노조 분향소 앞으로 향했다. 분향소 앞에 차의 뒤꽁무니를 댔다. 확성기에서 랩이 쏟아져 나왔다. 경찰들은 중간에서 방패로 두 세력의 접근을 막았다. 쌍용자동차 노조원들은 아무 말 없이 머리에 검은 띠를 두른 채 노동자의 영정 앞에 앉아 있었다. 대사모와 싸울 마음이 전혀 없어 보였다. 나머지 노조원들도 여기저기 길바닥에 자리를 잡았다. 대사모 회원들은 경찰의 방패를 뚫으려 계속 소리를 지르고 달려들었다.

"야, 빨갱이 새끼들아! 시체팔이 그만해!"

노인들이 악을 쓰며 달려들었다. 쌍용자동차 노조원들은 말없이 앉아 있었다. 지쳐 있는 것이 눈에 확연했다.

"개인의 죽음을 이용해 나라의 재산을 거덜 내는 너희들을 우리는 더 보고만 있을 수 없어!"

노인들은 계속해서 악을 썼다. 대사모의 천안함 희생자 분향소에 비교하면 쌍용자동차 노동자의 분향소는 작고 초라했다.

"너희들이 좋아하는 청와대와 가까운 광화문으로 꺼져!"

두 세력의 싸움과 상관없이 오전 '궁궐수문군 교대의식'은 예정대로 진행되었다. 혹시나 하고 기대했던 수문군들이 투덜거렸다.

오후에도 몇 번의 충돌이 있었다. 대사모 노인들이 고래고래 소리를 질러대다가도 가끔 쌍용자동차 노조원들에게 사정 조로 애원했다.

"다 너희들 어머니와 아버지뻘 되는 사람들이야. 불쌍한 사람들의 마지막 보루인 이곳마저 차지하려 하는 너희들이 사람이야. 이 나쁜 새끼들아!"

그들이 지지하던 대통령은 수감되었고 지지한 정당은 이전 선거에서 참패했다. 상황이 지극히 불리하다는 것도 알았다. 그들은 다만 현재 상황을 받아들이지 못했다. 이해하려고도 하지 않았다. 얼마 남지 않은 나이에 지금까지 지닌 신념을 바꿀 수 없다는 듯 결사적이었다. 옳고 그름의 문제라기보다 소외된 자들의 억울함이라는 생각이 들었다. 소수가 억울하다 느끼면 그다음은 과격한 방법밖에 남아 있지 않았다.

"아직 싸워요?"

수위군 근무를 마치고 들어오자 규정이 쪼르륵 달려왔다. 대한문 앞 사정을 물었다. 고개를 끄덕였다.

"좀 더 심하게 붙어야 우리가 쉴 텐데. 그런데 형님! 우리는 누구를 응원해야 해요?"

녀석을 물끄러미 쳐다보았다. 이런 상황에서도 지칠 줄 모르는 뻔뻔함이 징그러웠다.

"네 마음대로 생각해라."

미처 그런 생각을 하지 못했다. 우리에게 이런 파문을 던진 것은 쌍용자동차 노조다. 그럼 그들이 분란을 일으켜야 우리가 쉴 수 있지 않을까. 하지만 대사모는 토요일마다 우리를 쉬게 해준 어찌 보면 고마운 조직이다. 그들이 밀리면 이제 토요일부터 집회가 사라질 수도 있다. 예전처럼 토요일 오후 행사도 해야 하는 사태가 벌어질지도 모른다.

하지만 수문군들은 깊게 생각하지 않았다. 일단 하루라도 쉬는 것이 더 중요했다. 나중에 나오는 정찬보다 먼저 나오는 애피타이저에 더 눈독을 들였다. 나중 일은 그때 닥치면 다시 생각해 볼 문제였다. 대사모가 집회하는 토요일은 이제 당연히 쉬고 그 중간에 하루라도 더 쉬면 좋겠다는 욕심이었다. 이런 생각을 하는 나도 어쩔 수 없이 수문군의 한 유기체로 변했구나 하는 생각에 피식 웃음이 새어 나왔다.

"형님. 형님은 세상을 너무 어렵게 살아요. 뭐 그렇게 깊게 생각하고 그래요? 머리 아프게……."

규정은 내 마음속을 읽었는지 짜증스러워하며 돌아섰다.

다음 날도 그들은 여전히 대치 상태였다. 수문군들이 기대했던 행사취소는 일어나지 않았다. 어느새 수문군들은 그러려니 하면서 평상시처럼 아침 세팅을 하고 천막을 흘깃흘깃 쳐다보며 입맛만 다셨다.

두 번째 수위군 근무를 설 때였다. 근무가 끝나는 열두 시가 거의 다 되었다. 날씨가 엄청 더웠다. 몽롱한 상태에서 월도를 세우고 시청 쪽을 바라보았다. 양복을 입은 중년 신사 한 사람이 횡단보도를 건너왔다. 천안함 전사자와 쌍용자동차 분향소 중간에 우뚝 섰다. 양쪽 사람들이 무슨 일인가 하고 신사에게 시선을 집중했다. 그는 갑자기 우렁찬 목소리로 일장 연설을 시작했다.

"아직도 독재 시대에 가까운 탄압이 노동자에게 가해지다니 분통을 참을 수 없습니다. 이번 노동자의 죽음이 벌써 서른 번째입니다. 곳곳에 국정농단 세력이 마지막 발악을 하는 이때, 이전 실패를 거울삼아 적폐 세력을 하나도 빠짐없이 다 몰아내야 합니다. 이들 때문에 부끄러워서 낯을 들고 다닐 수가 없습니다. 외국인들이 봤을 때 얼마나 이상한 나라로 생각하겠습니까. 우리는 굳게 단결해……."

갑자기 대사모 차량에서 빼애액, 확성기가 울리며 랩이 쏟아졌다. 그제야 그 신사의 정체를 파악했던 것이다.

"적이다!"

그 연속된 동작이 화면처럼 머릿속을 스쳐 갔다. 신사의 목소리는 어디로 갔는지 들리지 않았다. 정신이 확 들면서 웃음을 참느라 고역을 치러야 했다.

비슷한 일이 삼십 년 전에도 있었다. 1987년 고등학교 후배의 장지에서 일어난 일이었다. 후배는 대학 시위 현장에서 최루탄에

174

맞고 피를 흘리며 쓰러졌다. 그해 여름 전국이 요동을 쳤다. 후배가 안장될 곳은 망월동 5·18 구舊묘역이었다. 그때는 국립묘지가 되기 이전이었다. 여느 공동묘지처럼 무덤과 무덤 사이가 아주 좁았다. 후배가 안장될 터의 오른쪽에는 80년 5월에 시위를 주도했던 전남대 총학생회장의 묘가 있었다. 왼쪽에는 빈 무덤이었다. 사람들은 후배의 관이 들어가려는 것을 보려고 그 좁은 구덩이 주위를 빙 둘러 서 있었다. 사람들로 발 디딜 틈이 없어 옆 무덤을 밟고 올라가는 사람들도 늘어났다. 소복을 입은 중년의 여인이 큰소리로 울부짖었다.

"내 동생 무덤 밟지 말아요! 제발 동생 무덤 밟지 말아요!"

사람들은 소복 입은 여인을 흘금흘금 쳐다보면서도 후배의 관이 놓인 무덤 속을 보려고 고개를 빼 들었다.

80년 초에 공안 정권은 5·18 희생자들의 무덤을 구舊묘역에 쓰지 못하게 철통같이 막았다. 희생자 가족들은 절대 굴하지 않고 망월동 구묘역에 하나둘 무덤을 쓰기 시작했다. 독재 정권의 회유와 협박에도 굴복하지 않고 서슬 퍼런 칼날을 정면으로 맞받았다. 행방불명된 지웅의 가묘도 이곳에 있었다. 그의 가묘에는 유골 대신 유품이 묻혀 있었다. 그렇게 하나하나 생긴 5·18 구묘역이 지금의 망월동 국립묘지의 기반이 되었다.

후배 무덤에만 신경을 곤두세우던 사람들이 주위 무덤에 관심을 두기 시작했다. 유족을 알아본 사람들이 미안하다며 고개를 숙였다. 무덤이나 지석을 밟지 말자는 말들이 주위로 퍼졌다. 순식간에 추모객들이 숙연해졌다. 지금 이 후배의 전국적인 관심이 있기 전에 주위 무덤에 누워 있는 희생자들의 죽음이 먼저 있었다. 우리가 그들을 잊고 있었다. 당연히 주위 무덤을 밟지 말아야 한다는 분위기로 바뀌었다. 후배의 관이 흙에 덮일 즈음에는 주위 무덤의 묘비를 살피면서 고인 한 사람 한 사람마다 묵념을 하는 사람들도 늘어났다.

그때 검은 양복을 입은 중년 신사가 나타났다. 키는 백칠십 정도지만 운동을 했는지 몸이 탄탄했다. 머리칼은 뻣뻣했고 얼굴은 까맸으며 눈은 부리부리했다. 신사는 후배의 묘 앞에 떡하니 섰다. 고개를 숙이고 묵념을 하면서 격앙된 목소리로 통곡을 했다.

"후배야! 미안하다. 이 선배가 너를 지키지 못해 정말 면목이 없다. 지금은 비록 이런 작고 초라한 곳에 너를 묻지만 민주화가 되면 진짜 크고, 웅장하고, 좋은 자리에 제일 먼저 너를 옮길 테니 조금만 참아라. 후배야! 진짜 미안하다!"

뭔가 분위기가 이상했다. 조용히 듣던 사람들이 여기저기서 웅성대기 시작했다.

"뭐야, 저 새끼는. 작고 초라하다고? 그럼 주위 무덤에 잠든 열사들은 뭐란 말이야? 너 같은 새끼가 있으니 우리나라가 아직 민주화가 안 되는 거야. 느자구 없는 새끼, 너 같은 놈이 더 나빠!"

갑자기 쏟아지는 비난에 신사는 무슨 날벼락인지 감을 잡지 못했다. 눈을 동그랗게 뜨고 슬금슬금 꽁무니를 빼더니 어느새 저쪽으로 사라져버렸다. 처음 그 중년 신사의 목소리를 들을 때부터 이런 상황이 올 거란 짐작은 하고 있었다. 그때도 터지려는 웃음을 간신히 참고 있었다.

그 중년 신사는 도대체 그때 왜 군중들이 자기를 야유했는지 지금도 모를 것이다. 가끔 사람들은 선의로 행한 일에 이유도 모르고 몰매를 맞는 경우가 많았다. 대한문 앞에서 연설하던 신사가 떠나고 한참 시간이 지나자 문득 그 둘이 혹 동일 인물이 아니었을까 하는 의문이 들었다.

구타

월차를 쓰고 하루를 쉬었다. 다음 날, 수문군 대기실에 출근하
자 왠지 분위기가 침울했다. 마 부장도 그렇고 장 팀장도 아무 말
이 없었다. 일찍 출근한 수문군들도 주섬주섬 조심해서 옷을 갈
아입었다. 이날도 규정은 조회 시간이 다 되어서야 헐레벌떡 뛰
어왔다. 평상시와 다르게 마 부장과 장 팀장은 그를 본체만체했
다. 조회가 시작되었다.

"어제 약간 불미스러운 일이 있었습니다. 이유 여하를 막론하
고 부장인 제가 공개적으로 사과하겠습니다. 어제 행사 중에 제
가 규정이 뺨을 때렸습니다. 다 행사를 잘해보자는 과욕 때문에
생긴 일이니 이해 바랍니다. 다시 한번 사과드립니다. 규정아!
미안하다."

규정은 어리둥절한 표정이었다. 잠시 후에야 뻘쭘하니 웃었다.

"아니 전 괜찮습니다."

마 부장은 다시 미안하다고 말했다.

"자, 다 잊고 오늘도 행사에 집중합시다. 세팅 나갑니다."

마 부장이 하루의 시작을 알렸다. 다들 아무 말 없이 어기적어기적 대기실을 빠져나갔다.

그날 일을 마치고 마 부장과 양 수문장 그리고 황 주서와 함께 술을 마셨다. 술집에 앉자마자 모두 소주와 맥주를 섞어 한 잔씩 들이켰다. 규정의 뺨 사건이 궁금해 마 부장을 쳐다보았다.

"아침에 주무관한테 전화가 와 시청에 들어갔거든. 어제 그 일을 누가 게시판에 올렸나 봐. 주무관이 수문군 교대의식을 진행하는데 구타를 할 정도냐고 묻더라고…… 깜짝 놀랐다며."

주무관은 여자였다. 마 부장은 혼자 잔을 털어 넣었다.

"거의 군대와 비슷하다고 말하고 앞으로 절대 그런 일 없을 거라 말하고 왔지. 아, 어찌나 얼굴이 화끈거리던지."

"누가 그걸 시청 게시판에 올렸대요?"

좀 더 자세한 것을 알고 싶었다.

"다른 업체와 관련 있는 녀석이 그랬겠지."

마 부장은 모든 것을 다 아는 듯이 내뱉었다.

의아했다. 지금 업체가 아닌 다른 관련 업체가 있다는 말도 처음이었다. 게다가 그 업체에 관련된 사람이 어떻게 수문군에 들어와 생활할 수 있는지. 술을 마시며 마 부장의 말에 귀를 기울었다.

교대의식의 행사를 맡는 업체는 해마다 바뀐다. 업체마다 다음 해 계약을 체결하려 참신한 프로젝트를 준비한다. 이런 과정에서 상대 업체와 경쟁이 심해져 서로의 잘못이 드러나는 경우가 많다. 언뜻 보면 서로 견제와 경쟁이 되지만 아주 사소한 것까지 서로 까발린다. 심지어 자기 사람을 타 업체가 맡은 수문군 안에 심어놓기도 한다.

마 부장의 이야기는 조금씩 열기를 더해 갔다.

나중에 새 업체가 선정되는 십이월이 되면 별별 소문들이 떠돌아다닌다. 수문군들은 다음 업체가 어디냐에 따라 계약이 계속될 수도 있고 잘릴 수도 있다. 그때면 누구누구는 잘리고 누가 부장에 내정되었다느니 하는 말들이 암암리에 돌기 시작한다. 이 행사가 자그마치 삼십억 가까운 사업이다.

생소한 말이었지만 익히 짐작할 수도 있는 것이었다. 왠지 몰라도 되는 그런 구질구질한 것을 되새김질 한 기분이 들었다.

예전에 근무하던 곳도 이런 소란이 끊이지 않았다. 대학을 막 졸업하고 들어간 그 기관은 공무원이나 공공기관에서 진급하지 못한 사람들이 낙하산을 타고 간부로 내려왔다. 간부들은 힘이 없었다. 힘이 없다 보니 타 관계기관과 업무를 진행하는 데 엄청 어려움이 많았다. 결국, 그곳에서 삼 년 근무하다가 그만두었다. 벌써 삼십 년이 다 된 일이다.

가끔 그때 직원들을 만나면 그곳을 그만둔 것에 대해 다들 아쉬워했다. 하긴 지금 그들의 직급과 직위와 급여를 생각하면 내 처지와는 하늘과 땅만큼 차이가 났다. 하지만 지금도 후회하지는 않았다. 다만 몇 번의 이직으로 세상에는 나한테 딱 맞은 직장이나 사람은 절대 존재하지 않는다는 것을 깨달은 것이 그나마 얻은 소득이었다.

"그런데 얼마나 세게 때렸어요?"

마 부장을 힐금 쳐다보며 양 수문장에게 물었다. 양 수문장은 자기 오른손을 들어서 내 뺨에 살짝 대는 시늉을 했다. 그 동작을 연거푸 두 번이나 했다.

"진짜로 이렇게 살짝 톡, 하고 건드렸어. 진짜야. 거짓말 하나도 안 해."

양 수문장은 믿으려 하지 않는 내 표정에 눈을 동그랗게 뜨며 절대 자기는 거짓말을 하지 않는다고 강조했다.

"설마 그랬겠어요?"

빙긋 웃으며 말도 되지 않은 소리 하지 말라고 했다. 어떻게 그렇게 살짝 때릴 수가 있단 말인가. 화가 나면 그냥 휘두르는 것이 나이 먹은 사람들의 고질적인 습관이다. 화를 참으려면 미리 참아야지 한 번 휘두른 손을 중간에 딱 멈춘다는 것은 스윙하는 배트를 멈추는 것만큼 어려운 일이었다.

"그리고 부장님이 그냥 딱 중간에 멈출 성격도 아니잖아요. 세게 패대기를 쳤으니 애들이 저러지."

슬쩍 마 부장을 보며 일부러 화를 돋웠다.

"우리 원형이 형은 저를 안 믿는다는 말이죠. 어쩔 수 없죠? 내가 자초한 일이니……."

이상하게도 얼마나 세게 때렸는지가 계속 궁금했다.

다음 날 점심시간에 규정과 함께 식사를 했다. 규정은 영준을 데리고 나왔다. 순댓국을 먹으면서 어제 맞았던 일을 물었다.

"저는 뭐 괜찮습니다. 뭐, 어릴 때부터 하도 많이 맞아 서……."

도대체 저 녀석은 괜찮지 않은 것이 무엇일까.

"저는 이곳에 너무 실망했습니다. 요즘 누가 사람을 때립니까. 그 자리에서 112에 전화하려다 참았네요."

영준은 거침없이 말했다. 수문군에서 영준은 아주 젊은 축에 속했다.

"그런데 누가 시청 게시판에 글을 올렸어? 그 정도면 우리 내부에서 해결할 수 있을 거 같은데……."

사실 그 부분이 궁금했다. 일을 일부러 크게 벌이려는 낌새가 느껴졌다.

"저는 올리지 않았어요. 그 정도는 괜찮거든요."

규정은 자기는 절대 아니라고 손사래를 쳤다. 영준은 슬그머니 식당 벽에 붙어있는 메뉴판으로 눈길을 돌렸다.

메뉴판에는 '공깃밥은 한 그릇만 추가됩니다.'라고 쓰여 있었다. 영준은 큰소리로 주인을 불렀다.

"여기 공기 추갑니다."

규정도 밥 한 공기를 더 추가했다.

이 순댓국집은 원래 공깃밥이 무한리필이었다. 그 때문에 주말이면 수문군들로 붐볐다. 그들은 아침 식사를 거르기에 점심때가 되면 다들 허기졌다. 점심으로 두세 그릇을 먹었다. 한 녀석이 다섯 그릇까지 먹었다는 얘기도 들렸다.

다섯 그릇을 먹다 보면 자연히 국물과 반찬도 추가해야 했다. 그런 일이 자주 일어나니 식당 주인이 공깃밥 추가를 한 그릇으로 못 박아 버렸다. 수문군 기본복을 입고 식당에 가면 주인이 슬금슬금 눈치를 보았다. 나중에야 그 사실을 알았다. 세 사람의 식사비를 계산하고 밖으로 나왔다.

"형님! 자주 이런 자리를 갖고 싶습니다. 존경합니다."

규정은 또 너스레를 떨었다.

"혹시 공깃밥 다섯 그릇 먹은 사람이 너 아냐?"

규정은 아무 말 없이 그냥 씩, 웃었다. 영준은 저만큼 떨어져 있었다.

기억은 무지개를 타고

구월이 되었다. 한낮에 기세를 부리던 뙤약볕도 하루 교대의 식이 끝날 때쯤이면 슬슬 꼬리를 감추기 시작했다. 점심시간에 서경에게서 전화가 왔다.

"도서관에 찾아왔다며?"

잠시 머뭇거렸다.

"그냥 들러 봤어. 그런데 무슨 일 있어?"

"아니 특별한 일은 없어."

그녀의 목소리는 칼칼했다. 깊은 산속, 바람에 낙엽이 바스락 거리는 소리가 났다. 그녀에게 왜 작가란 말을 하지 않았느냐고 물어보려다 그만두었다. 자기 스스로 작가라고 소개하기가 쑥스 러웠을 수도 있었다. 전화를 끊으려는데 그녀가 말했다.

"언제 술 한잔할까?"

그러자고 했다.

일요일 행사를 마치고 대한문 앞에서 그녀를 만났다. 그녀는 옅은 갈색의 원피스를 입고 있었다.

근처의 식당에 들렀다. 수문군 일을 마치고 나면 배가 무척 고팠다. 해물탕에 소주를 주문했다. 배가 든든해지고 얼굴이 불콰해질 때쯤 밖으로 나왔다. 천천히 시청 주위를 산책하다가 가까운 맥줏집으로 향했다. 십삼 층이어서 전망이 좋았다. 테이블은 거의 비어 있었다. 서너 명의 남녀가 창가에 드문드문 앉아 있었다. 우리도 창가에 자리를 잡았다.

창밖의 전망은 장관이었다. 새처럼 공중을 나면서 궁궐을 내려다보는 기분이었다.

"저기를 봐. 멋있지?"

서경에게 창밖의 전망을 가리켰다. 덕수궁의 야경이 펼쳐져 있었다.

"어때?"

서경은 무서운지 입을 크게 벌렸다.

"와아! 이런 곳이 있었네. 근데 약간 어지럽다."

처음 이곳에 왔을 때 내 입에서 터져 나온 말이 떠올랐다.

'조감도!'

궁궐 배치도 위를 한 마리 매가 되어 나면서 내려다보는 정경이었다. 이 순간도 매가 되어 날고 싶었다. 맥줏집은 산 중턱의 절

벽에 지어진 매의 둥지에 해당했다. 덕수궁 일대를 서식지로 삼는 매가 되어 날개를 좌악 펼치고 천천히 궁궐 위로 나면서 대한문 앞 광장을 힐끔 쳐다보았다. 하루에 세 번, 일주일에 엿새 동안 교대의식을 하는 장소다. 높은 곳에서 바라보니 더욱더 작게 보였다.

"그동안 무슨 일 있었어?"

그녀는 어느새 정색한 얼굴로 돌아왔다.

"순천에 내려가 아들 좀 만나고 왔어. 집에 일이 있어서……."

갑자기 서경은 오십 대 주부로 변했다. 그녀의 입에서 나온 아들이란 말에 가만히 다음 말을 기다렸다.

"사실 아들에게 무슨 말을 하기도 뭐한 입장이고……."

궁금한 것이 많지만 사생활의 울타리를 넘을 수는 없었다.

"자기 아빠와 싸움을 하고 집을 나왔나 봐."

처음 듣는 가족 얘기였다.

"못 돌봐주니 할 말도 제대로 못 하고……."

서경은 조용히 입을 닫았다. 더 물어보기도 어색했다.

맥줏집을 나왔을 때는 열한 시쯤 되었다.

술도 깰 겸 덕수궁 돌담길 쪽으로 방향을 잡았다. 덕수궁 길에는 팔짱을 끼고 걷는 연인들이 꽤 많았다. 중간중간 길거리 콘서트를 하는지 사람들이 무리 지어 모여 있었다. 우리도 슬그머니 그 뒤에 섰다. 젊은 남자가 기타를 치며 이문세의 '옛사랑'을 불렀다.

"나는 이문세 노래 중에 이 노래가 가장 좋더라."

서경은 말해놓고 빙긋 웃었다. 그녀의 오른팔을 가볍게 잡았다.

"나는 '소녀'라는 노래가 좋던데. 영화에서 은시경이 부르는 게 더 마음에 와닿았어."

"내 곁에만 머물러요. 떠나면 안 돼요. 이렇게 부르는 것 말이지?"

서경은 가만가만 노래를 불렀다. 사십여 년 전, 봄 소풍 때 산속 공터에서 그녀는 같은 목소리로 노래를 불렀다. 나도 그다음을 흥얼거렸다.

"그리움 두고 머나먼 길. 그대 무지개를 찾아올 순 없어요."

"어, 음치 아니고 잘 부르는데…….."

"술이 적당히 취하면 잘 불러. 이상하지?"

곁에 있던 연인들이 우리를 보며 야릇한 표정을 지었다. 마침 젊은 사내가 다음 노래를 부를 차례였다. 서경의 팔을 끌고 그곳을 빠져나왔다. 우리 뒤로 그 젊은 사내의 노래가 찬 공기 속에 울려 퍼졌다. 노랫가락이 뒤를 졸졸 따라왔다.

우리는 팔짱을 끼고 천천히 걸어 대한문 앞 광장에 섰다. 궁궐문은 닫혔고 낮과 달리 사람들은 보이지 않았다. 궁궐 왼편의 담 너머에 서 있는 플라타너스가 광장의 한쪽에 짙은 그림자를 드리우고 서 있었다. 광장 한가운데에 서서 궁궐 정문 쪽을 바라보았다. 천천히 서경의 손을 놓고 날마다 수문군이 진형을 갖추고 서 있는 궁궐 정문으로 올라갔다. 언덕배기처럼 약간 솟은 곳에서 광장을 내려보았다. 서경은 광장 한가운데서 나에게 손을 흔들었다. 술기운에 머리가 빙빙 돌았다.

갑자기 궁궐 안쪽에서 북소리가 울리며 궁궐 문이 열린다. 궁궐 수문군들이 취타대의 연주에 맞춰 광장으로 들어오고 있다. 맨 앞에 수장기가 돛대처럼 바람에 날린다. 청도기가 그 뒤를 따른다. 오방 깃발을 든 수문군들이 두 줄로 간격을 맞춰 입장한다. 연이어 노란 옷을 입은 취타대가 들어선다.

"둥! 둥! 둥! 둥!"

취타대의 북소리가 커지며 '궁궐수문군 교대의식'이 시작된다. 월도와 주장봉을 든 수문군들이 진한 청색과 하늘색의 옷을 펄럭이며 광장을 가득 채운다. 수문군 본대는 광장을 한 바퀴 돌고 궁궐 문을 통해 궁궐 안쪽으로 퇴장한다. 취타대만 광장 왼편에 정렬한다.

서경은 두 팔을 벌린 채 깔깔깔 웃으며 둥그렇게 원을 그린다. 그녀를 따라 아이들이 손을 잡고 줄을 짓는다. 초등학교 일학년 때 산등성이 공터에서처럼 아이들이 깔깔깔 웃으며 점점 넓게 원을 그린다. 어느새 이명희 선생도 함께 어울리며 웃고 있다.

교대군은 광장의 끝에 서서 정문 앞으로 진입을 준비한다.

"출, 하나, 둘, 셋, 넷!"

수문장과 참하 그리고 여섯 명의 수문군이 구령을 하면서 궁궐 문으로 올라오고 있다. 나는 큰소리로 외친다.

"정위!"

구령이 가을밤 공기를 뚫고 광장에 울려 퍼진다. 교대군이 북소리에 맞춰 제자리에 선다.

아이들이 이명희 선생을 중심으로 함께 모인다. 한가운데에 이명희 선생이 웃고 있다. 왼쪽에는 지웅이 서고 오른쪽에는 서경과 승현이 서 있다. 모두 두 손을 곱게 앞으로 모으고 노래 부를 준비를 마친다.

"향전!"

취타대를 향해 구령을 외친다. 취타대가 연주를 시작하자 아이들이 다 함께 노래를 부른다.

'나의 살던 고향은 꽃피는 산골. 복숭아꽃 살구꽃 아기 진달래.'

봄 소풍이 벌어진 산속 공터에 진달래가 활짝 피었다. 서경은 진달래를 꺾어 가슴에 안고 있다. 이명희 선생의 분홍색 치마가 바람에 휘날린다. 햇볕은 따스하고 하늘은 더없이 청명하다.

노래가 끝나자 모든 것이 멈췄다. 어느새 아이들은 보이지 않았다. 취타대와 수문군들도 사라졌다. 광장 한가운데 서 있던 서경이 방글방글 웃으며 다가왔다. 내 앞에 섰다. 그녀의 두 손을 잡고 이마에 입을 맞췄다. 그녀가 고개를 들고 나를 보았다. 까만 눈동자가 자꾸만 물었다.

'우리는 지금 왜 여기에 서 있을까.'

그녀와 함께 궁궐 문 앞 광장을 내려다보았다. 거리는 어둡고 밤은 이슥했다.

"우리 집에 들렀다 갈래. 너한테 줄 책이 있는데……."

그녀의 집은 의외로 가까웠다. 거실 한 가운데 앉은뱅이 탁자가 있고 그 위에 노트북이 놓여 있었다. 옆에 새로 산 듯한 『얀 이야기』가 있었다. 그녀는 싱크대 위쪽에서 포도주를 한 병 꺼냈다.

"포도주 한 잔 마시고 있을래?"

그녀가 컴퓨터를 켜고 노래를 틀었다. 포도주를 한 모금 마시자 술기운이 온몸으로 퍼져 나갔다. 세면실에서 물 흐르는 소리가 들렸다. 남은 포도주를 주욱 들이마셨다. 마음이 느슨해졌다.

'매일 밤 집으로 돌아갈 때 그곳에 네가 있다면, 힘든 하루 지친 네 마음이 내 품에 안겨 쉴 텐데.'

깜박 앉은 채 잠이 들었다. 옆에 따뜻한 숨결이 느껴졌다. 낯익은 얼굴이 내 어깨에 기대고 있었다. 아주 오래전부터 내 곁에 머물고 있던 것처럼 친근한 얼굴이었다. 어깨를 부드럽게 감싸고 가만히 들여다보았다. 내 입술이 닿자 그녀의 입술이 천천히 열렸다. 품에 안긴 그녀는 조그맣고 가냘팠다.

그녀의 집을 나온 것은 한 시가 넘어서였다. 비가 오려는지 바람에 은행나무가 거세게 흔들렸다.

그 처지가 되어야 이해되는 것

10월로 접어들면서 주서를 맡은 횟수가 늘어났다. 예전부터 주서는 주로 들어온 지 오래된 나이 많은 수문군이 맡았다. 고정 배역이나 마찬가지였다. 나 때문에 주서 배역이 흔들리기 시작하자 기존 주서인 황의 처지가 곤란해졌다.

점차 나이 든 사람들이 두 부류로 나누어지게 되었다. 나이에 합당한 대우를 받아야 한다는 사람들과 나이 어린 수문군들에게 책잡힐 일을 하지 말자는 사람으로 나뉘었다. 전자는 황을 포함해 오래 근무한 사람들이고 후자는 나와 양 수문장이었다. 그들은 행사가 끝나면 매일 술을 마시며 불만을 토했다. 마 부장은 평소에 나이만 챙기는 그들을 못마땅해 했다.

한 번은 나이 든 사람들과 젊은 수문군 사이에 배역 문제로 언성이 오갔다. 평소 기회를 엿보던 마 부장이 어느 날, 조회 시간에 전격 발표를 했다.

"앞으로 나이에 상관없이 모든 배역을 순환제로 하겠습니다. 나이 든 사람도 이제 수장기를 듭니다."

마 부장의 통고는 수문군 조직에서 곧 법이었다.

조회가 끝나고 세팅을 하러 모두 밖으로 나왔다. 혼자 터벅터벅 걷는데 규정이 헐레벌떡 뛰어왔다.

"형님, 존경합니다. 나이 든 형들이 수장기 들기로 한 거 형님이 건의했다면서요?"

벌써 사실과 다르게 얘기들이 오가고 있었다. 규정에게 사실대로 얘기를 했다.

마 부장은 나에게 주서 배역을 원했지만 거절했다. 젊은 수문군들과 똑같이 수장기를 들겠다고 했다. 이유는 나이 먹은 사람들과 관계보다도 사실 다른 데 있었다. 육체가 편안함에 길들까봐 두려웠기 때문이었다. 가학적이지는 않지만 내 몸이 고달프기를 원했다. 몸이 편하면 왠지 잡스러운 생각이 스멀스멀 기어들었다. 잡념이 많으면 새벽까지 잠을 설치고 다음 날까지 머리가 아팠다. 하지만 육체가 힘들면 머릿속에 잡념이 파고들 여지가 없었다. 오히려 자고 나면 머리가 개운했다.

그런데 마 부장이 갑자기 나이 든 사람들도 전부 수장기를 드는 것으로 몰고 가버렸다.

그날 하루 일을 마치고 술자리가 있었다. 마 부장은 없는 자리였다. 시작부터 황의 목소리가 커졌다.

"요즘 마 부장 백 믿고 너무 건방 떨지 마라! 이 바닥에서 언제까지 잘 나가나 보자."

황을 쳐다보았다. 짜증이 났다.

"그렇게 보면 어쩔 건데?"

황이 노려보며 말했다

"무슨 말을 그렇게 해요? 내가 부장님 백 믿고 설친다고요?"

"사실이 그렇잖아?"

황의 얘기를 들으니 갑자기 주서 고정 자리를 거부한 것이 후회되었다. 맡고 나서 욕을 들으면 조금 덜 기분이 나빴을지도 몰랐다. 사실과 다른 소문이 나는 것은 예전에도 많았다. 그 자리를 꼭 맡아야겠다는 후회가 들 때는 이미 발등을 찍힌 후였다.

"나이 든 사람들이 그렇게 개길 생각만 하니 애들한테 욕을 먹죠. 부끄럽지도 않아요?"

"내가 언제 개겨? 아침마다 빗자루질하는 것도 안 보여?"

갑자기 생각지도 못한 비질 얘기가 나왔다.

"나이 배려해서 세팅 아닌 비질하게 한 거잖아요. 가장 편한 것인데 세상에 그것을 열심히 한다는 식으로 말해요. 생각이 달라도 이렇게 다르네."

"뭐라고? 그러는 너는 뭘 잘하는데?"

"잘한다는 것이 아니라 나이 핑계로 혜택을 받고 싶은 마음이 없다는 것입니다. 난 애들하고 똑같이 뛸 거예요."

"뛰려면 혼자 뛰지 왜 우리를 끌어들여?"

가만 보면 황뿐만 아니라 대부분 사람은 자신이 일을 아주 열심히 한다고 착각하고 있었다. 하긴 나 또한 그렇게 생각하니 굳이 변명할 생각은 없었다.

"너처럼 얍삽한 자식은 처음 봤다."

황이 볼을 씰룩이며 소주를 털어 넣었다. 나는 두 손으로 탁자를 집고 벌떡 일어났다.

"방금 뭐라 그랬어요. 얍삽? 내가 아부를 했단 말이잖아요?"

목에 핏대를 세우고 힘껏 소리를 질렀다.

"일어나면 어쩔 건데?"

식당에 있던 사람들이 다들 고개를 돌려 우리를 쳐다보았다.

"에이, 조용히 좀 합시다."

그들을 슬쩍 둘러보았다. 흐릿한 얼굴들이 그림자처럼 보였다.

"그래, 치려면 쳐 봐."

황이 이죽거렸다.

그의 얼굴에 내 얼굴을 바짝 댔다.

"당신! 말 함부로 하지 마! 방금 한 말 절대 잊지 않을 거야."

시끄러워지자 양 수문장이 두 손을 좌우로 벌려 좌석을 조용하게 했다.

"황형도 그만 해요. 그리고 아랫사람인 원형 씨가 참아야지."

생각하면 할수록 화가 풀리지 않았다. 수문군에 들어와 직접 겪었던 그의 행태가 주르륵 떠올랐다.

황은 일주일에 서너 번은 술 냄새를 풍기며 출근을 했다. 그런 날은 어김없이 오전 행사 내내 잔소리를 했다. 그리고 점심을 먹지도 않은 채 상담실에 드러누웠다. 오후 행사가 시작되어도 일어날 줄을 몰랐다. 다들 쉬쉬하며 대신 다른 수문군이 자리를 메웠다. 마 부장도 그냥 모른 척했다. 긁어 부스럼 만들기 싫은 것이었다. 수문군들은 뒤에서만 쑥덕거렸다. 이런 일이 있고 나면 며칠간 황은 자중하는 척했다.

아직 이런 조직이 서울 한복판에 버젓이 있다는 자체가 이해할 수 없었다. 그와 얘기를 하면 자기처럼 사회생활을 하는 것이 세상을 요령껏 잘 사는 것이라 착각하고 있었다.

다음 날은 쉬는 날이었다. 숙취로 지근거리는 머리를 감싸며 아침부터 가게에 붙어 있었다. 어제 술기운에 했던 말들이 머릿속을 제멋대로 헤집고 다녔다. 몇몇 말들이 계속 머리 한쪽을 쪼아댔다. 생각할수록 울화가 치밀었다. 괜히 술을 마셨다고 후회하지만 이미 늦은 일이었다. 숙취로 하루 내내 부대꼈다. 도저히 황을 용서할 수가 없었다.

"그래, 이런 조직에 무엇 볼 것이 있다고 다니냐. 그만두자. 수문군에 나간 뒤로 아내만 고생한다. 나 하나 속 편하자고 계속 다닐 필요가 있나. 깨끗이 관두자. 이 나이에 무슨 벼슬을 할 것도 아니고."

　가게를 보는 내내 황이 했던 말이 떠올랐다 사라졌다. 생각할
수록 화가 치밀었다.

　화요일, 출근 날이 되었다. 아직 분함이 그대로였다. 이틀이
지났으니 괜찮아지리라 생각했는데 마찬가지였다. 좋다. 그만두
라는 암시다. 제 팀장에게 문자를 보냈다.

　'갑자기 집안 사정이 생겨 일을 그만두게 되었습니다. 죄송합
니다.'

　문자를 보내고 나니 너무 무성의하다는 생각이 들었다. 사직
의사를 이렇게 보내도 되나 싶었다. 요즘은 해임이나 파면도 문
자로 통고하는 시대였다. 평소 말도 되지 않는 짓거리라 욕을 했
지만 막상 내 처지가 되자 그런 상황이 이해되었다. 나도 모르게
그들처럼 이미 세상의 흐름에 젖어 있었다.

　제 팀장한테서 전화가 왔다. 받지 않았다. 잠시 후에 마 부장
한테서 전화가 왔다. 받지 않았다. 이왕 그만둘 것인데 그들에게
핑계를 댈 것 같은 자신이 싫었다. 앞으로 보지 않을 사람들인데
지금부터라도 과감히 자르자. 그 뒤로 마 부장과 제 팀장한테서
서너 번 더 전화가 왔다. 모른 척했다. 아내에게는 너무 힘들어
그만둔다고 했다.

　사흘이 지났다. 금요일 저녁이었다. 평상시처럼 아내와 교대
를 하고 가게를 보고 있었다.

"원형이 형님, 안녕하십니까?"

가게로 들어온 사람은 규정이었다. 그 뒤로 제 팀장이 들어섰다. 얼굴을 마주 대하니 무색했다. 설마 가게로 찾아올지는 생각도 못 했다. 할 수 없이 막 집에 들어간 아내에게 전화했다. 딸에게 저녁을 차려준 아내가 다시 가게로 나왔다. 아내를 두 사람에게 인사를 시킨 후 식당으로 향했다. 근처에 있는 생고기 집에 자리를 잡았다.

"아유, 형수님이 굉장히 미인이시네요!"

아무 말도 하지 않자 규정이 먼저 말을 꺼냈다.

"저는 따님인 줄 알았습니다."

연달아 제 팀장이 말했다. 속으로 지금 그런 말을 할 때가 아닌데 하며 웃었다. 주문한 고기가 나왔다. 언젠가 제 팀장과 식사를 한번 하자고 했는데 이런 식으로 하게 될 줄은 생각지도 못했다. 둘에게 소맥을 한 잔씩 따르고 고기를 구웠다.

"마 부장님도 직접 한번 가보라 하시고 저도 속사정을 알고 싶어 왔습니다. 무슨 일이 있었습니까?"

제 팀장이 물었다. 그냥 가만히 있었다. 그때 싸움이 일어난 후에 마지막까지 술자리를 지킨 사람은 황과 양 수문장이었다. 양도 아무 말 하지 않았고 당사자인 황은 자기가 말하기는 조금 껄끄러웠을 터였다. 규정과 제 팀장도 분위기 때문인지 술잔을 만지기만 했다.

"그런데 우리 가게를 어떻게 알고 찾아왔어?"

규정은 이 동네에 친구가 한 명 사는데 전에 가게 앞을 지난 적이 있다고 했다.

"여기 오는 데도 전철을 반대로 탔다가 중간에 되돌아오고 쇼를 벌였네요. 규정이는 도대체 제대로 하는 것이 없어."

제 팀장이 규정을 보며 웃었다. 규정은 어제 술을 많이 마셔 그랬다며 얼버무렸다.

"고기 좀 먹고 얘기합시다. 언젠가 한 번 술자리를 하고 싶었는데……."

규정은 구운 소고기를 깨작깨작 먹었다. 고기를 한 판 먹고 다시 추가 주문을 했다. 갑자기 규정이 눈을 동그랗게 뜨며 나를 보았다.

"아, 소고기가 이렇게 맛있었네요."

순간, 웃음이 터져 나왔다. 그리고 왠지 씁쓸했다.

"아우, 불쌍한 자식! 오늘 많이 좀 먹어라. 걱정하지 말고……."

규정 앞에 익힌 고기를 여러 점 가져다 놓았다.

술이 조금 들어가자 그날 있었던 얘기를 하지 않을 수가 없었다. 얘기를 다 들은 제 팀장은 잘 알았다며 다시 출근했으면 한다고 했다. 옆에 있던 규정도 거들었다.

"안 나오시면 형님이 지는 겁니다. 왜 그런 사람한테 밀려나요?"

멍하니 그를 쳐다보았다. 녀석한테 이런 승부욕이 있었나 싶었다.

"이런 것쯤 지면 좀 어때? 그냥 지고 살란다."

점점 남과 부딪히며 신경 쓰는 자체가 싫었다.

젊었을 때는 지금과 달랐다. 세상은 마음먹기에 따라 얼마든지 변화시킬 수 있고 그 중심에 항상 내가 있다고 생각했다. 사람의 본성은 선하기에 내가 어떻게 하느냐에 따라 상대방 마음을 움직일 수 있다고 철석같이 믿었다.

이제 나이가 들수록 그런 생각이 피곤해졌다. 하도 많은 사람과 그런 문제로 부딪히다 보니 머리가 감당을 못했다. 몸마저 진저리를 쳤다. 스트레스가 쌓일수록 내 존재가 언제 무너질지 불안했다. 차츰 그런 자리나 사람들을 피하는 일이 잦아졌다. 젊었을 때는 왕성한 혈기에 어지간한 일도 이겨낼 수 있었는데 이제는 그런 기력이 사라졌다. 나이 들면 보수가 되는 것이 이런 이유 때문이 아닐까 하는 생각이 자주 들었다.

"너나 잘해! 너도 부장님하고 싸웠잖아?"

제 팀장이 규정을 한심하다는 듯 바라보았다.

전날 규정은 술자리에서 마 부장한테 왜 자기만 괴롭히느냐며 대들었다고 한다. 마 부장이 행사나 똑바로 하고 따지라고 내질렀다. 규정의 입에서 자기도 모르게 씨발, 이란 말이 새어 나왔다. 그리고 말없이 오늘 하루를 쉬어버렸다. 마 부장이 아침에 나에게 전화하며 지었을 화난 얼굴이 그려졌다. 제 팀장이 겸사겸사해 쉬는 규정을 불러내 이곳으로 데리고 왔다며 웃었다.

"아니, 제 팀장은 왜 규정이와 그렇게 친한가요?"

어느새 나도 술기운이 올랐다. 규정은 제 팀장을 친형처럼 스스럼없이 대했다.

"규정이는 저보다 형님을 더 좋아해요."

규정이 나를 좋아한다는 것은 대충 알고 있었다. 그거야 술 마실 때 자주 부르니 좋아했겠지 내 성품이 좋아 그러지는 않을 터였다. 제 팀장은 고개를 저었다.

"그런 것이 아니고, 규정은 형님을 멘토라 생각해요."

망치로 머리를 한 대 맞은 기분이었다.

"나를? 멘토로?"

미처 생각지도 못한 말이었다. 지금까지 나눈 대화가 큰 덩어리가 되어 머리 위에서 무겁게 내리눌렀다.

하지만 뭔가 찝찝했다.

"하고 많은 사람 중에 왜 하필 규정이 너 같은 놈이."

제 팀장이 하하 웃었다. 규정도 뻘쭘하니 웃었다.

"아, 왜 그러셔요. 뭐, 제가 형님을 조금 좋아하기는 하죠."

규정은 말을 더듬었다. 나는 규정이 진지했으면 했다. 내 속을 아는지 모르는지 그는 눈을 내리깔고 술을 마셨다. 잠시 후에 규정은 화장실에 간다고 일어났다. 제 팀장이 나에게 몸을 숙이며 조용히 소곤댔다.

"형님이 몰라서 그러는데 규정이 쟤, 공황장애가 있어요. 형님이 잘 챙겨 주셔야 해요."

그렇게 남 앞에서 주절거리며 시끄럽게 하는 놈이 공황장애라니 선뜻 이해되지 않았다.

"그것 때문에 일부러 사람들 앞에서 허세를 부리는 거예요."

조금 생뚱맞았다.

"형님이 아셔야 할 것이 하나 더 있는데……."

제 팀장이 잠깐 머뭇거렸다. 화장실 쪽을 힐금 쳐다보았다.

"규정이 총각 아니에요. 오래전에 결혼했어요. 딸아이가 한 명 있어요."

날벼락이었다. 목으로 넘기려던 맥주가 푸, 하고 솟구쳤다.

"세상에, 잡놈이, 그것도 딸까지 있는 녀석이 행동을 그렇게밖에 못해."

쏟아져 나오는 욕지기를 술을 마셔 목구멍으로 삼켰다.

"그런데 이혼한 지 오래되었어요. 그래서 형님이 더 신경 써 주셔야 해요."

화장실에 갔던 규정이 돌아왔다. 술이 오르는지 허세를 부리기 시작했다.

"왕십리 곱창집으로 가죠. 제가 사겠습니다. 거기 여 사장님이 보고 싶습니다."

그를 뚫어지게 쳐다보았다. 제 팀장이 규정을 달래서 앉혔다. 규정은 고개를 숙이고 계속 혼자 중얼거렸다. 제 팀장이 손으로 규정의 어깨를 툭, 쳤다. 규정은 계속 곱창집에 가자고 손을 저었다.

술집을 나왔을 때 열 시가 조금 넘었다. 제 팀장과 규정은 전철을 타야 했다. 제 팀장은 앞서가고 나와 규정은 뒤에 천천히 걸었다.

"너, 왜 그런 얘기 나한테 하지 않았어?"

규정을 째려보았다. 녀석은 이미 술에 취해 있었다. 내 말은 들리지도 않는지 몸을 흔들며 비틀비틀 걸었다. 앞서가던 그가 갑자기 걸음을 멈추고 돌아섰다. 양쪽 어깨를 올리고 몸을 건들거리며 시비를 거는 것처럼 말했다.

"형님! 아시죠? 제가 사랑한 사람은 오직 그 여자 한 사람뿐이었습니다! 알겠죠?"

전철역 입구에서 제 팀장이 어서 오라고 손짓을 하고 있었다. 전철 막차 시간이 다 되어가고 있었다. 규정은 다시 돌아서며 비틀비틀 전철역으로 향했다.

다음 날, 다시 출근을 했다. 수문군들 사이에 다음 달의 숭례문 근무자 얘기가 파다하게 퍼져 있었다. 명단에는 김규정과 황병욱이 끼어 있었다.

숭례문에 근무하는 수문군은 모두 여덟 명이다. 대부분 새해 초에 정해졌다. 바뀐 업체가 마음에 들지 않는 사람이나 부장과 관계가 껄끄러운 사람들이 주로 지원했다. 대기실은 지하상가 입구에 있는데 아주 좁았다. 여름에는 선풍기를 사용하고 겨울에는 전기스토브에 의지했다. 에어컨도 난로도 없었다. 너무 춥거나 더우면 근처 은행으로 잠깐 들렀다 왔다. 환경이 열악하다 보니 수문군의 대부분은 가기를 꺼렸다. 한마디로 변방의 유배지였다.

숭례문으로 추방할 것이라는 소문이 돌자 황과 규정의 태도는 완전 딴판이었다. 황은 침울하니 고개를 숙이고 다녔다. 규정은 싱글벙글 웃으며 들떠 있었다.

"아, 형님! 이제 제가 꿈에 그리던 파라다이스로 갑니다."

규정은 마 부장이 있든 없든 전보다 더 큰 소리로 말하고 다녔다.

"형님! 부장님께 어서 빨리 보내 주라고 말씀 좀 해 주십시오."

가만히 그를 바라보았다. 도대체 이 녀석의 머리통에는 무엇이 들어있는지 궁금했다. 이놈이 진짜로 미친놈인지 그런 척하는 놈인지 헷갈렸다. 한편으로는 그가 조금은 이해되기도 했다. 자초한 일이지만 사실 너무 많은 따돌림을 당했다. 하지만 이곳에서 여러 사람과 어울리며 허풍떠는 것을 보면 꼭 그렇지만은 않아 보였다.

시월 막바지에 접어들면서 덕수궁의 풍경은 온통 노란색으로 바뀌었다. 푸른 나무들 사이에 있던 은행나무들이 한 그루, 두 그루 노랗게 물들었다. 느티나무도 노랗게 물들고 모과나무도 노란색 열매를 살찌우고 있었다. 세상이 노랑 천지였다. 주위가 노란색으로 번져가자 궁궐 정원에 생각보다 많은 은행나무가 심겨 있는 것이 눈에 띄었다.

그리고 십일월 첫날이 왔다. 숭례문으로 갈 사람이 정해졌다. 두 명이 아니고 한 명이었다. 김규정이 아니고 황병욱이었다.

"흐흐, 형님! 사랑합니다."

손수레를 끌고 세팅하러 가는 길이었다.

"참, 안 됐다. 네가 좋아하는 숭례문으로 가야 했는데……."

나는 비꼬듯 그를 놀렸다.

"아이고, 형님. 다시는 그런 말 마세요. 숭례문은 내 스타일이 아닙니다. 사람이 적어 너무 외로워요."

가던 걸음을 멈추고 규정의 뒤통수를 뚫어지게 쳐다보았다.

"그런데 제 작전이 어땠습니까? 마 부장은 절대 내가 편한 꼴을 못 보거든요. 나는 그것을 역으로 찔렀죠. 제가 잔머리 하나는 엄청나게 잘 굴립니다."

규정의 머리가 그 정도라고는 인정하고 싶지 않았다. 하지만 이번 일은 깜박 속았다. 여러 상황도 그랬지만 마 부장이 싫어 숭례문으로 피할 성싶었다.

"아, 형님. 제가 이 잔머리 하나로 지금까지 세상을 살아온 놈

아닙니까. 제가 멍청한 것 같지만 머릿속은 항상 회전하느라 엄청 바쁩니다. 가끔 너무 빨리 돌아서 나도 뭐가 뭔지 몰라서 그렇지. 하하하!"

손수레를 끌고 가는 그의 뒤통수를 한 대 갈겨주고 싶었다. 순간 뒤로 서늘한 그림자가 느껴졌다.

"오, 김규정! 그렇단 말이지. 내년에 관두더라도 너만은 꼭 정리하고 나갈 거야, 알았지?"

마 부장이 어느새 뒤에 있었다. 규정은 얼굴이 굳어지면서 눈을 되록되록 굴렸다.

"아이, 부장님! 농담으로 한 얘기를 가지고 뭘……."

마 부장은 아무 말 없이 우리를 지나쳤다. 몇 걸음 뒤로 황이 가방을 들고 숭례문 쪽으로 걸어가고 있었다. 그가 걸어가는 길가 정원에 노란 모과가 상갓집의 조등처럼 매달려있었다.

낯선 기억

또 며칠 동안 서경을 볼 수 없었다. 그동안 수문군은 행사 준비로 정신이 없었다. 그동안에도 전섭은 일주일에 서너 번은 택배회사에 야간작업을 나갔다. 규정도 전섭을 따라 나가는 횟수가 하루 이틀 늘어났다.

"너, 갑자기 무슨 바람이 불었어?"

날밤을 새우는 일인데도 자주 나가는 그가 신기했다.

"네, 아니에요. 그냥 새 아이폰 하나 사려고요."

책상에 머리를 대고 졸던 전섭이 부스스 일어났다. 이마가 빨갰다. 규정을 보며 이죽거렸다.

"무슨 아이폰이야. 게임기 사려고 그렇지, 꼴뚜기 씨!"

규정이 확 돌아섰다.

"재수 옴 붙은 새끼. 넌 맞아야 해."

전섭에게 가짜 원투 펀치를 날렸다. 규정은 계속해서 전섭의 눈앞에 주먹을 뻗었다.

"그런데 형님! 택배회사 여직원이 저를 좋아하는 것 같은데 어쩌죠?"

규정의 말을 들은 전섭이 누런 이를 드러내며 웃었다.

"거기 이 층에서 일하는 뚱뚱한 아줌마 말하지?"

전섭은 그 아주머니가 규정이 일을 잘하지 못하니 불쌍해서 그런다고 했다. 규정은 또 전섭에게 달려들어 원투 펀치를 구사했다.

금요일이었다. 정동 길 행사를 마치고 대기실에 돌아왔다. 서경한테서 카톡이 와 있었다. 저녁 식사를 같이하자고 했다. 만난 곳은 한정식 전문인 '순천만'이었다.

"저번에 썼던 책이 조금 나가나 봐. 오늘 재판을 찍었거든."

서경의 손을 잡았다.

"그래? 축하한다. 야, 이제 유명작가가 된 거야?"

서경은 눈을 흘기며 살짝 웃었다.

"아직 멀었지. 이제 초보 딱지를 뗀 상태야."

서경은 식사 주문을 했다. 잠시 뒤에 접시에 삶은 꼬막이 담겨 나왔다. 껍데기의 골이 깊고 검은 것이 전부 참꼬막이었다. 꼬막을 까보니 잘 삶아져 있었다. 알맹이가 진한 갈색을 띤 채 매끄러웠다. 저절로 입맛이 당겼다. 정식이 나오기 전에 입요기로 먹는 음식치고는 상당히 고급스러웠다.

꼬막을 다 먹을 즈음에 정식이 나왔다. 얼른 보아도 남도 음식으로 가득했다. 매실장아찌가 보였고 고들빼기와 각종 나물이 밥상에 놓여 있었다. 가장 반가운 것은 구운 양태였다. 제사 때나 늦가을 시제에서 볼 수 있는 보기 드문 생선이었다. 장이나 다른 양념에 찍어 먹지 않아도 짭짤해서 밥과 함께 먹으면 그만이었다. 게다가 꼬막무침과 회가 따로 나왔다. 또 하나 반가운 음식이 밥 옆에 놓여있었다. 매생잇국이었다. 서로 마주 보며 웃었다. 마지막으로 홍주를 담은 조그만 사기 주전자가 놓여 있었다.

"웬 독한 술을 시켰어?"

"이 식당의 정식 세트야. 내가 한 잔 따를게. 그리고 나는 당분간 술 못하니 그냥 받아만 놓을게."

홍주를 천천히 조금씩 입안으로 흘려 넣었다. 목구멍이 찌르르했다. 조금 지나자 뱃속이 후끈 달아올랐다.

배가 고픈 상태라 이것저것 막 먹었다. 뱃속이 어느 정도 차니 기분이 든든했다. 홍주도 네댓 잔을 마셨다. 점점 얼굴이 화끈거렸다. 그녀가 나를 바라보았다.

"전에 내가 말했잖아? 전학 갈 때 무슨 기억나는 것이 없냐고."

서경은 그윽이 나를 바라보았다. 그 뒤로 몇 번을 생각해 보았지만 얼른 떠오른 것이 없었다. 이제 이야기를 할 마음이 생긴 모양이었다.

"그때 내가 선생님과 떨어지지 않으려고 한참을 울었거든. 선생님이 나를 달래면서, 우리에게 그랬는데…… 나중에 어른이 되면 꼭 한 번 다시 만나자고. 물론 나중에 내가 그 상황을 유추했을지도 모르겠지만…… 아니 만들었을지도 모르지."

기억은 깎이기도 하고 덧붙기도 하면서 다시 생성한다.

"그때 원형이 너도 같이 있었어. 시간이 지나면서 어릴 때의 기억이 조금씩 사라지기도 하고 때로는 아예 없어지기도 하는데 선생님 말씀은 자주 생각나. 그리고 마흔이 넘고 쉰마저 넘으니 왜 샘이 이 말씀을 했는지 이해되더라고. 뭐랄까, 우리에게서 자신의 어릴 적 삶이 재생하는 것을 보고 싶었다고나 할까? 나도 교사로 있을 때 어릴 적 내 닮은 아이들의 눈망울을 보면 나중에 커서 어떤 모습이 되어 있을까 자주 궁금했거든."

나는 가만히 듣고 있었다. 듣다 보니 그때 기억이 떠오르려 했다.

"혹시 요즘 이명희 선생님과 연락한 적 있어?"

서경이 물었다.

"연락한 적 없는데. 무슨 일 있어?"

서경은 아니라고 했다. 갑자기 나는 지금 하는 이야기의 방향을 바꾸고 싶었다.

"혹시 이명희 선생님 전화번호 있어?"

몸속에 술기운이 퍼지자 늦은 용기가 생겼다.

"왜? 전화하게?"

서경은 조금 놀란 듯했다.

초등학교 이후로 한 번도 만나지 못한 담임선생에게 전화를 걸었다. 마지막으로 보았던 얼굴이 어렴풋이 떠올랐다. 서너 번 신호가 간 뒤에 전화를 받았다.

"선생님! 안녕하세요. 저, 초등학교 때 제자였던 이원형입니다. 혹 기억하시겠습니까?"

서경은 눈을 동그랗게 뜨고 나를 빤히 보았다.

"그럼, 알지. 두 번이나 담임이었는데."

기억하고 있었다. 일 학년과 사 학년 때였다. 목소리는 예전처럼 그대로였다.

"그래 지금 어디 살지?"

"네, 서울에 있습니다. 오랜만에 갑자기 전화해 죄송합니다."

"아니지. 전화해 줘 고마워. 그래 가족은 어떻게?"

"네. 딸 하나와 아들 하나입니다."

"오, 잘했구먼. 아이들 엄마한테 잘해주지?"

마음에 찔렸다. 언제나 아내를 생각하면 딸의 얼굴이 떠올랐다. 주어진 조건에서 잘해준다고 마음에 못을 박아 둔 지 오래였다.

"갑자기 서경을 만나서 선생님 소식을 들었습니다. 서경은 아시죠?"

"잘 알지. 가끔 연락도 해. 그런데 지금 너희들이 몇 살일까?"

"저희는 오십 중반이죠. 선생님도 연세가……."

얼른 입을 다물었다. 머릿속으로 계산을 했다. 우리가 여덟 살일 때에 선생은 교육대학을 졸업했으니 스물두세 살쯤이었을 것이고 지금은 얼추 일흔이 넘었을 듯싶었다.

"아직 젊지. 호호! 그런데 나이가 많네. 함부로 말을 놓으면 안 되겠는데……."

"아유, 무슨! 한 번 제자는 영원한 제자죠."

"그래도, 나이가 한두 살이 아닌데…… 게다가 한 가정의 가장인데."

"괜찮습니다. 살면서 한 번 찾아뵌다는 것이 지금까지 미뤄졌습니다. 죄송합니다."

"그래, 다들 그렇게 사는 거지.

갑자기 서경이 기억하지 못한 첫 담임 송경심 선생이 떠올랐다.

"선생님, 죄송한데요. 우리 학교가 첫 부임지였죠?"

"그렇지. 그런데 왜?"

"몇 월에 오셨나요?"

"사월부터 담임을 맡았지."

뜻밖이었다. 가을쯤으로 어림짐작했다. 송경심 선생의 손안에 대추를 놓았던 기억 때문이었다.

"아, 그랬군요. 그럼 그전에 우리를 맡았던 선생님을 혹 아시나요?"

"나야 잘 모르지. 여선생이었는데 언뜻 좋지 않은 일이 생겼다는 얘기만 나중에 들었지. 자살이라 그랬던가? 하여튼 정확하지는 않아."

맞았다. 언젠가 나도 얼핏 그런 풍문을 들었다.

그 당시 나는 자살을 이해할 수 없는 나이였다. 사람이 죽는 것은 자연의 순리라고만 생각했다. 자신이 거부하거나 바꿀 수 있는 성질의 것이 아니었다. 그런 나에게 스스로 자기 목숨을 끊었다는 얘기는 도저히 받아들일 수 없는 충격적인 일이었다. 자살 그 자체만 놓고 보면 죽은 당사자는 그렇다 치더라도 그를 아는 다른 사람들은 그에게 아무 상관도 없는 존재에 불과했다. 어찌 관련이 없을 수가 있을까. 송경심 선생에게 나뿐만 아니라 우리는 아무 존재도 아니었다는 것이 그 당시에는 이해할 수 없었다.

어린 시절에 한 사람의 죽음은 꽤 충격적인 일이었을 텐데 기억에 남아 있지 않은 것 또한 이상했다. 혹 변형시켰거나 지워버렸을지도 몰랐다. 사람이 죽으면 기억에서 사라진다는 것을 안 것은 한참 자라고 나서였다. 살아있는 것과 반대 지점에 있는 것들은 금방 머릿속에서 지워졌다.

지웅의 죽음도 마찬가지였다. 친구들과 만나면 그에 대한 얘기는 전혀 하지 않았다. 일부러 그런 것도 아니었다. 자연스럽게 그렇게 되었다. 현재 사는 친구들의 얘기만으로도 힘들었다. 그렇게 지웅은 우리에게 점점 희미하게 지워지고 있었다. 기억도 살아있는 생물처럼 수명이 있었다.

전화를 마친 후 송경심 선생이 한 달 남짓 담임을 맡았다는 사실에 맥이 빠졌다. 봄 소풍 때의 노래도, 대추를 오므려 받던 부드러운 손도 전부 이명희 선생 때의 일이었다. 서경을 만난 뒤로 단단하다고 생각했던 기억의 한 모서리가 자꾸 부서지고 있었다.

홍주는 이미 바닥이 났다. 술을 조금 더 마시고 싶었다. 동동주를 주문했다. 서너 잔을 더 마시자 취기가 올랐다. 머리가 빙빙 돌았다. 머릿속에 서경이 전학 가던 장면이 파노라마처럼 지나갔다. 그녀의 말대로라면 어느 시점까지 나한테도 그 기억이 남아 있었을 터였다. 뭔가 뜻대로 이루어지지 않고, 바라던 것에 미치지 못해 자괴하며, 점차 그 기억을 세월의 바람 속에 연처럼 날려버렸을 것이다. 그 뒤로 점점 잊어버린 조각으로 변하면서 사라져버렸다. 이제 잊어버린 다른 기억이 움을 트려 한다.

서경은 술을 한 잔만 받아 놓고 마시지 않았다.

"왜 술을 안 마셔?"

취하고 싶은데 그녀가 마시지 않으니 불편했다. 속마음을 전부 내보였는데 상대가 그렇지 않을 때 느끼는 기분이었다.

"그냥 술이 안 받네."

혼자 술을 마시니 뻘쭘했다. 그녀는 눈을 들어 천천히 나를 쳐다보았다.

"그때 너 말고 또 한 사람이 있었다."

무언가 뇌리를 스치고 지나갔다. 무겁고 어두운 것이 다가오고 있었다.

"나 말고 또 누가 있었는데?"

그녀를 만난 후 느꼈던 낯선 시간이 가까이 와 있었다. 순간 생각을 멈췄다. 머릿속에 정리가 필요했다.

서경은 천천히 입을 뗐다.

"지웅이도 같이 있었다."

결국, 모습을 드러냈다. 머리가 띵했다.

지웅이 지금 어디 있는지 아느냐고 묻고 싶었다. 서경은 조용히 입을 다물었다. 그리고 천천히 창밖으로 고개를 돌렸다. 저만치 덕수궁 돌담길에 가로등이 서늘하게 빛나고 있었다.

몸을 기울여 그녀의 얼굴을 가만히 들여다보았다.

"혹시 그때 지웅이와 사귄 여자 친구가 너였어?"

서경은 천천히 고개를 끄덕였다. 무엇인가 머릿속에 작은 불꽃이 일어났다 꼬리를 남기며 천천히 사라졌다.

"원형이 너도 잘 알아. 나중에 소개해 줄게."

고등학교 2학년 때, 지웅이 마지막으로 한 말이었다.

80년 5월, 중간고사를 하루 앞둔 날이었다. 지웅은 바람에 끊

긴 연처럼 멀리 날아가 버렸다. 그동안 행방불명자로 망월동 구
묘역의 한구석에 누워 있었다. 국립묘역에 잔디가 입힌 진짜 무
덤이 생긴 것은 그로부터 20년이 지난 뒤였다. 이름이 없던 유골
이 DNA 검사로 지웅이라는 주인을 찾았다. 내가 서울로 올라온
지 5년째 되던 해였다.

혼자이면서 둘이 함께

지웅의 얘기를 한 후로 서경은 포토타임에 나타나지 않았다. 카톡이나 페이스북에도 별다른 흔적이 없었다. 점심시간에 도서관에 들렀지만 보이지 않았다. 그 여자 직원도 자리에 없었다. 다른 여직원에게 물어보기도 어색했다.

몇 번이나 전화를 하려다 그만두었다. 별다른 일이 없으면 행사를 마친 후 가게에 들러 아내와 교대를 했다. 그리고 밤 열 시에 문을 닫았다. 지난밤에 술도 마시지 않았는데 하루 내내 피곤했다. 멍한 날들이 계속되었다. 밤이면 창문 밖에서 가을바람이 서서히 소리를 높여갔다.

몸을 씻고 불을 켜 놓은 채 침대에 누워 천장을 바라보았다. 잠이 오지 않았다. 바람에 유리창이 조금씩 흔들렸다. 몸을 뒤척이다 보니 어느새 한 시가 다 되어갔다. 아침에 일어나 수문군에 출근해야 하니 빨리 잠이 들어야 했지만 잠이 오지 않았다. 무슨 읽을거리라도 있나 싶어 책장을 살펴보았다.

몇 권의 책이 무너진 담 옆에 널브러진 벽돌처럼 아무렇게나 놓여 있었다. 젊었을 때 감탄하며 읽은 책들도 지금은 별 흥미를 유발하지 못했다. 책 속의 내용과 현실의 틈이 너무 심했다. 현실은 책에 쓰인 대로 되지 않았고 또한 될 수도 없었다. 인간은 인간이 가는 미래의 길을 결코 알 수 없고 다만 어림짐작만 할 뿐이었다.

몸을 비틀어 모로 누웠다. 책장에 꽂혀있는 책들이 왠지 서 있는 것을 버거워하는 것 같았다. 책장 맨 위부터 아래로 천천히 훑어보았다. 사회과학 서적이 대부분이었다. 다시 오른쪽 책장으로 눈길을 돌렸다. 별달리 읽을 만한 책은 보이지 않았다. 머리를 창문 쪽으로 바꿔 누웠다. 높은 절벽 끝에 누워 있는 느낌이 들었다. 베개에 머리를 기대고 조금 떨어져 책장을 바라보았다. 중간쯤에 서경이 사준 『얀 이야기』가 덩그러니 놓여 있었다. 불빛 때문인지 책 표지가 새하얬다. 일어나 책을 집어 들었다. 책 겉장이 대나무처럼 매끄러웠다. 누운 채 책을 넘겼다.

뒤로 작은 숲이 있고 앞으로 낮게 초원이 펼쳐진 러시아 남쪽의 야트막한 언덕배기에 고양이 얀이 산다. 어느 날, 강에 사는 물고기 카와카마스가 얀의 오두막에 들른다. 둘은 차를 마시며 대화를 한다.

책에 막 몰입하려는 데 누군가 기척이 느껴졌다. 옆방은 아들이 군대 간 후로 아내가 혼자 사용했다. 물을 마시려 거실로 나오는 거겠지. 잠시 후 움직임이 사라지고 조용해지자 창문 밖에 은행나무가 바람에 흔들리는 소리가 들렸다. 바람은 끊임없이 동료들을 데리고 겨울 언덕으로 이동하고 있었다. 바람이 몰려가면서 은행잎이 떨어지는지 창밖에 작은 조각들이 날아와 부딪혔다. 차츰 책 속에 빠져들었다. 안이 되어 아직 겨울의 잔재가 남아 있는 언덕배기의 집에서 봄을 기다렸다. 포근한 이불 속에 누워 책을 읽는 것이 마치 겨울잠을 자는 듯 포근했다.

잠을 자면서 꿈길을 걷는다. 잠이 잠을 불러오고 그 잠 속에 다시 취해 잠을 잔다. 가끔 잠에서 깨어나 책을 읽다가 눈이 피로하면 다시 잠을 잔다. 봄은 아직 아득히 멀리 있다.

"아! 깊은 숲속 오두막에 누워 책만 한없이 읽고 싶다."

서경의 말이 창밖의 바람 소리처럼 울렸다.

차츰 바람이 속도를 내는 소리가 들렸다. 나는 몸을 뒤척이며 책장을 넘겼다. 동시에 또 누군가 책장을 넘기는 소리가 들려왔다.

"가만?"

아내가 자는 방이 아니었다. 일어나 창밖을 내다보았다. 멀리 창밖에는 은행나무가 서 있고, 그 뒤로 골목이 죽 뻗어 있었다. 골목 너머로 은행나무들이 드문드문 징검다리를 놓으며 산까지 죽 새들이 다니는 길을 만들어 놓았다. 벌써 두 시가 다 되었다. 책 속의 이야기는 잔잔하게 이어졌다.

카와카마스는 산책을 할 때마다 고양이 얀의 집에 들른다. 집시들이 버리고 간 바이올린을 고쳐 넓고 긴 초원을 오갈 때 연주를 한다. 느른한 생활이 계속 이어진다. 카와카마스는 돌아가기 전에 늘 얀에게 무언가를 빌려 간다. 그럴 때마다 속이 훤히 보이는 변명을 한다.

"내일은 이름의 날 축제여서 버섯 수프를 만들려고 하는데 소금과 버터가 떨어졌지 뭐야."

얄밉다. 한두 번이 아니다. 어느 날 여자 친구를 데려온다. 둘은 주워서 손을 본 악기를 가지고 함께 연주하며 얀의 집을 오간다. 봄의 교향악을 부르는 듯 활기차다. 여전히 음식 재료를 얻어간다. 마지막에는 차를 끓이는 사모바르마저 얻어간다. 그리고 소식이 끊긴다.

이런 잔잔한 이야기가 참 좋았다. 이런 분위기의 삶을 서경은 내게 들려주고 싶었던 모양이다. 가까이에 숲이 있고 멀리 강이 보이는 삶이란 얼마나 평화로운가. 다시 책장을 넘겼다. 바로 책장 넘기는 소리가 되돌아왔다. 또 한 장을 넘겼다. 다시 책 넘기는 소리가 들렸다.

서경은 왜 요즘 보이지 않을까. 지금 무엇을 할까. 혹시 이 시각에 전화하면 통화가 되지 않을까. 아니면 혹시, 그녀는 지금 어디에서, 얀 이야기를, 나처럼 뒤척이며 읽고 있지는 않을까?

계속 페이지를 넘겼다. 또 가까이에서 똑같은 소리가 들렸다. 마치 그녀가 아주 가까운 곳에서 나처럼 누워 책을 읽는 듯했다. 창밖에는 여전히 차가운 바람이 불고, 은행잎이 하나둘 날리고, 얀은 저 러시아 땅에서 우리에게 꽃 편지처럼 아름다운 이야기를 들려주고, 서경도 함께 밤을 뒤척이며 책을 읽을 성싶었다.

한동안 보이지 않던 카와카마스가 얀의 오두막에 나타난다. 풀이 죽어 있다. 그는 얀에게 지나는 집시들이 여자 친구를 잡아갔다고 한다. 세상은 혁명이 필요하며 혁명이 일어나면 이런 일이 생기지 않을 거라고 울먹인다.

조용히 다음 페이지를 넘겼다.

다시 책장을 넘기는 소리가 되돌아왔다. 숨을 죽였다. 주위가 조용해지자 다시 숨소리가 들렸다. 아주 가까이였다. 소리마저 컸다. 웬걸 내 숨소리의 간격이 서로 겹쳐 나고 있었다. 마치 두 사람의 숨소리 같았다. 저절로 웃음이 났다. 고요함 때문에 내 움직임과 호흡인데도 마치 다른 사람이 곁에 있는 것 같았다.

영혼결혼식

일요일 저녁이었다. 수문군 행사를 마치고 돌아와 가게를 보고 있었다. 서경에게서 전화가 왔다.

"미안한데 내일, 하루 시간 좀 내줄 수 있어?"

내일은 수문군이 쉬는 월요일이다. 무슨 일이냐고 물어보려는데 서경이 먼저 말했다.

"병원에 가야 하는데 도저히 혼자 못 가겠어."

"무슨 일이 있어? 어디가 아픈 거야?"

"내일 만나서 얘기해."

서경은 몹시 피곤한 목소리였다.

다음 날, 아내에게 갑자기 수문군에 일이 생겼다고 둘러댔다. 딱히 다른 핑계가 없었다. 한강대교를 건너 병원으로 가는 길은 차들로 꽉 막혔다. 평상시면 병원까지 삼사십 분에 갈 거리를 한 시간 반이나 걸렸다.

"미안해. 주위에 같이 갈 사람이 없어서."

그녀를 가만히 보았다.

"언제부터 아팠던 거야?"

서경은 아무 말도 하지 않았다. 무슨 위로의 말을 해야 할지 몰라 조용히 운전에 집중했다. 병원에 도착해 주차장에 자리를 찾는데 또 시간이 걸렸다.

암 병동 대기실은 상상 이상으로 붐볐다. 무슨 환자가 이렇게 많을까 싶을 정도였다. 서경은 가만히 앉아 있지 못했다. 얼굴도 굳어 있었다. 한쪽 구석의 자판기에서 녹차를 뽑아 그녀에게 건넸다. 그녀는 입만 대고는 두 손으로 컵을 감쌌다. 나는 불안한 마음에 계속 접수 번호와 호출 번호를 번갈아 보았다.

담당 의사 진료실 앞에 앉아서 또 삼십 분을 기다렸다. 병원에 와서만 한 시간 반이 지났다. 이렇게 시간이 오래 걸리면 건강한 사람도 절로 병이 생길 것 같았다. 다행히 열한 시가 조금 넘어 담당 의사를 만났다. 의사는 MRI 화면을 들여다보며 서경과 나에게 암 징후를 설명했다.

"가능한 한 빨리 수술을 해야 합니다."

얼굴이 통통한 의사는 빠른 결정을 바라는 눈치였다. 서경을 보니 얼굴이 창백했다. 헛기침을 한 뒤에 의사에게 물었다.

"수술만 하면 괜찮은가요?"

의사는 음, 하며 머뭇거렸다.

"유방암은 전이가 아주 빠릅니다. 가능한 한 빨리 수술하는 것이 좋습니다."

의사는 아직 젖살이 빠지지 않은 얼굴이었다. 화면을 본 후 다시 나를 보았다. 나는 의사에게 양해를 구하고 서경을 데리고 잠시 복도로 나왔다. 서경의 얼굴은 여전히 창백했다.

"어떻게 해야 하지?"

왠지 결정하지 못하는 자신이 비겁하게 느껴졌다.

"막상 닥치니 정신이 아득하네. 잠깐 혼자 들어갔다 나올게."

서경은 의사가 있는 진료실로 들어갔다. 속으로 다행이라는 생각이 들었다.

서경은 십 분 정도 있다가 다시 나왔다. 수술 날짜를 이주일 뒤로 정했다고 했다.

"아니, 빠르면 빠를수록 좋다면서 왜 그렇게 늦어?"

서경은 그냥 묵묵히 앞서 걸었다. 나는 얼른 담당 의사의 진료실로 되돌아갔다.

"아니, 왜 그렇게 늦게 날짜를 잡아요. 빠를수록 좋다면서?"

의사는 모니터만 쳐다보고 있었다. 간호사가 대신 얘기를 했다.

"그전에 의사 선생님이 도저히 시간을 낼 수가 없습니다. 중간에 외국으로 사흘간 세미나도 다녀와야 해서……."

멍하니 의사를 바라보았다. 의사는 여전히 모니터만 들여다보며 나를 거들떠보지 않았다.

병원을 나와 운전을 하고 돌아오는데 여러 가지 생각이 밀려왔다. 어떻게 해야 할지 몰랐다. 그녀의 아들이 떠올랐다. 하지만 연락처도 없었다. 승현이 생각도 났다. 왠지 그에게는 서경에 관해 얘기하고 싶지 않았다. 문득 아내에게 말하면 어떨까 하는 생각이 들었다. 아내는 요즘 묵묵히 지켜만 보고 있었다. 아직은 아니라는 생각이 들었다.

집으로 돌아왔을 때 열두 시가 조금 넘었다. 아내는 문을 열고 빼꼼히 보더니 다시 들어가 버렸다. 화장실에 들러 손을 씻으며 거울을 보았다. 거울 속에 머리가 삐죽삐죽 뻗은 사내가 나를 바라보고 있었다.

샤워를 한 후 거실 탁자에 앉았다. TV를 켜고 맥주를 꺼냈다. 이리저리 채널을 돌렸다. 볼만한 프로가 없었다. 영화 채널을 돌리는데 시네프에서 〈당신을 사랑했어요〉를 상영했다. 몇 번 본 프랑스 영화다.

의사인 여주인공은 불치병에 걸린 아들을 치료하다가 죽음에 이르게 만든다. 십여 년 수감생활을 마치고 갓 석방된 상태다. 여동생 가족과 함께 살며 아들에 대한 죄책감과 주위 사람들의 따가운 시선을 의식하며 하루하루 버틴다.

여자 주인공이 눈에 익숙하다. 깊이 있는 눈, 사색에 젖은 모습 그리고 가만 보면 언젠가 나와 한 번쯤은 오랫동안 만난 사람

같다. 이 영화 제목은 무엇을 의미할까. '그래도 삶은 당신을 사랑했어요'일까. 아니면 '살아있는 것이 곧 사랑하는 것이에요' 이런 뜻일까. 이 영화를 보고 나면 언제나 마음이 늑진하다. 영화가 끝날 때쯤에 여자 주인공은 우수에 찬 눈으로 속삭인다.

'당신을 사랑했어요.'

그녀의 얼굴이 천천히 서경의 얼굴로 바뀌었다.

밤이 늦었지만 승현에게 카톡을 했다. 다행히 금방 답이 왔다. 서경을 동창 카톡에 초대한 사람이 누군지 물었다. 승현은 왜 그러냐고 되물었지만 난 다음에 얘기해 준다며 얼버무렸다. 그 친구는 우리 마을의 정옥이었다. 정옥은 초등학교 때 서경의 단짝이었다. 게다가 지웅과 사촌 간이었다. 그 순간 머릿속에 모든 관계망이 좍 정리가 되었다.

다음 날 정옥에게 전화를 했다. 받지 않았다. 몇 번을 더 했지만 마찬가지였다. 행사를 마치고 서경에게 들렀다가 집으로 돌아왔다. 그날은 아내도 일찍 가게 문을 닫고 집에 있었다. 함께 저녁을 먹는데 정옥한테서 전화가 왔다. 아내 눈치를 보며 방으로 들어가 전화를 받았다.

정옥은 모른다고 딱 잡아뗐지만 지금 서경의 처한 상황을 말하자 처음과 달리 그간 사정을 얘기했다.

"서경이 시어머니인…… 그 여자와 사이가 안 좋다는 얘기는 들었어."

정옥은 서경의 시어머니를 '그 여자'라고 불렀다.

"무슨 일이 있었는데?"

차분히 정옥의 대답을 기다렸다. 정옥은 한참 대답 없이 머뭇거렸다.

"사실은…… 내가 말하기는 그런데…….."

정옥은 다음 말을 잇지 못하고 뜸을 들였다.

"왜 그러는데?"

"사실은 지웅이 때문에…….."

죽은 지 사십 년이 지난 지웅과 무슨 관련이 있다는 것인지 이해할 수 없었다.

"지웅이 비석에…….."

정옥은 계속 말을 끊었다.

"비석에? 왜?"

다음 말이 궁금했다. 정옥은 계속 머뭇거렸다.

"서경하고 지웅이 영혼결혼식을 올렸어. 사실 그때 우리는 망월동 구舊묘역에 누워 있는 사람들에게 미안한 마음을 가지고 있었잖아. 서경이도…….."

"영혼결혼식을? 지웅이와?"

조금 생뚱맞았다. 영혼결혼식은 죽은 자들끼리 맺는 것으로 알고 있었다.

"응. 그때는 대단한 결정이라기보다는…….."

"……."

"그런데 지웅이 행방불명된 지 20년이 지난 뒤에 DNA 검사로 유골을 찾았잖아. 그때 구묘역의 묘비에 쓰인 내용을 새 국립묘지로 옮기면서 그대로 새겨 넣었어. 나중에 서경의 남편이 그걸 보고 조금 불편해한 것 같았는데……."

나는 서울에 올라온 뒤로도 해마다 5·18 즈음에 망월동 국립묘역에 내려갔다. 지웅의 무덤에 묵념을 하고 천천히 망월 묘역을 둘러보곤 다시 지웅의 묘 앞에 서곤 했다. 어느 해, 묘비를 쓰다듬다가 옆면을 보게 되었다. 옆면에는 가족 관계가 적혀 있었는데 낯설게도 처의 이름이 보였다. 죽은 여자아이와 영혼 결혼을 시켰나 보다 하며 무심코 지나쳤다.

그때를 돌이켜 보니 뭔가 이상한 생각이 들었다. 정옥에게 물었다.

"그런데 내가 전에 언뜻 보았을 때 묘비에 새겨진 처 이름이 세 글자였던 것 같았는데."

주의해 보지는 않았지만 분명 외자는 아니었다.

"서경이 중학교 올라갈 즈음에 개명을 했거든. 묘비에는 서현숙이라고 적혀 있어. 서경이란 이름은 초등학교 동창 사이에서만 불릴 거야. 참 얼마 전에 필명으로 쓴다고 들었던 것 같기도 한데."

참 뭔가 꼬여도 별 이상하게 꼬였다는 생각이 들었다.

정옥은 얘기를 계속했다.

"나와 서경과 그 남편은 대학 같은 과 동기거든. 80년대에 5·18이 되면 셋이 어울려 자주 망월동에 들렀어. 당연히 구묘역에 지웅의 무덤이 있던 것도 알고 있었고. 그때 나무로 된 묘비에 새겨진 서경의 이름도 보았고. 스무 살이 채 되지 않은 서경의 입장에서는 그때 뭔가 할 수 있는 일이 그것밖에 없다고 생각했을 거지만, 그것이 나중에 여러 사람의 가슴을 후벼 파게 될 줄은……."

전화를 받고 거실로 나왔다.

"아, 뭐 이런 일이 다 있어?"

무엇인가 억울했다. 아직도 멍한데 식탁 앞에 앉은 아내와 눈이 마주쳤다.

"아니야, 아무것도."

식사를 계속하려고 자리에 앉았다. 아내의 밥은 조금도 줄어들지 않은 채였다.

수술하는 날은 일찍이 병원에 갔다. 환자복으로 갈아입은 서경은 소녀처럼 여려 보였다. 파리한 얼굴에 입가에 웃음을 머금고 있었다. 침대에 실려 수술실로 이동할 때 내 손을 꼭 잡았다. 나도 잡은 손에 힘을 주었다. 수술실로 가는 엘리베이터를 타며 그녀는 조용히 자기 손을 들어 파이팅, 하는 동작을 했다.

그녀는 여기 오기까지 몇 번이나 중얼거렸다.

"혹 마취 상태에서 깨어나지 않으면 어떻게 하지?"

그런 일은 없을 것이니 안심하라고 했다. 아무래도 마음이 놓이지 않은 눈치였다.

수술은 오전 내내 걸렸다. 수술이 끝나고 세 시간이 지나도 서경은 나오지 않았다. 입술이 바짝 탔다. 입원실 담당 간호사에게 무슨 일이 일어난 것은 아닌지 물었다.

"환자에 따라 마취 상태에서 깨어나는 시간이 늦을 수도 있습니다."

그냥 기다려야 했다. 자판기 커피를 마시며 그녀의 아들에게 전화해야 하나 몇 번이나 망설였다. 혹 잘못되었을 때만 전화하라는 서경의 당부 때문이었다. 그녀는 암에 걸린 그 자체를 아들에게 알리고 싶어 하지 않았다. 전 남편에게는 더 말할 것도 없었다. 남편이 알면 자연히 시어머니가 알게 되는 것이 부담스러웠기 때문이었다. 상황이 이런데도 누구에게 도움을 청할 수 없는 나 자신이 답답했다. 울컥, 몸속 깊은 곳에서 울분의 덩어리가 쿨렁거렸다.

서경은 한 시가 다되어 수술실에서 나왔다. 생각보다 얼굴이 밝았다. 간호사는 수술이 성공적으로 끝났고 이제 휴식만 취하면 된다며 주의사항을 알려주었다. 그녀는 일주일 동안 입원해 있었다. 어쩔 수 없이 도우미 아주머니에게 의지했다. 나는 매일 행사를 마치고 병원에 들렀다가 가게로 돌아왔다.

퇴원하는 날이었다. 아침부터 퇴원 절차를 밟느라 병원의 여러 곳을 다니며 오전을 다 보냈다. 복용할 약이 한 보따리였다. 그녀는 오는 도중에 몇 번이고 헛구역질을 했다. 허약한 상태에서 차를 타니 현기증이 난 모양이었다. 백미러로 자주 그녀를 살펴야 했다. 그녀의 원룸에 왔을 때는 점심시간이 한참 지나 있었다.

서경은 바로 방으로 들어갔다. 혹 먹을 음식이 있나 냉장고를 열어보았다. 냉장고 안에는 생수와 몇 가지 인스턴트 요리만 남아 있었다. 싱크대 서랍도 열어보았다. 평소 밖에서 식사를 해서인지 집안에는 먹을거리가 없었다. 지금 당장 무엇이라도 먹어야 했다. 근처에 있던 죽 전문집이 생각났다. 삼십 분을 기다려 전복죽을 사 왔다. 서경은 여전히 침대에 누워 있었다. 일어나 죽을 몇 숟가락 떠먹은 후 다시 누웠다.

저녁이 다 되었다. 혼자 두고 가는 것이 께름칙했지만 더 머무를 수가 없었다. 현관에서 막 신을 신으려는데 그녀가 울먹였다.

"오늘만 같이 있으면 안 돼? 혼자 있으면 너무 무서울 것 같아."

그녀를 돌아보았다. 거실 한가운데 조그맣게 서 있었다. 작은 원룸이지만 혼자 있으면 왠지 추울 것 같았다.

다음 날 수문군 대기실에 도착해서 아내에게 카톡을 보냈다. 수문군에 일이 있어 대기실에서 눈을 붙였다고 했다. 하루 내내 답이 없었다.

다음 날도 점심시간에 서경의 원룸에 들렀다. 날마다 행사가 끝나면 그녀의 집에 들렀다가 집으로 돌아왔다. 그녀는 생각보다 회복이 늦었다. 식사도 잘하지 않았고 약만 먹으면 정신없이 잤다. 하루하루 반복된 생활이 계속되었다.

토요일이었다. 점심시간에 서경의 원룸에 들르다가 수문군 대기실로 돌아오는 길이었다. 승현에게서 카톡이 왔다.

"별일 없지?"

"그래, 특별한 일은 없어."

"혹 서경에게 무슨 일 있어? 전에 정옥이 전화번호도 묻고 그랬잖아?"

다행히 승현은 정옥과 통화를 하지 않은 눈치였다. 무슨 말을 할까 생각했다. 승현에게 뭐라고 말하기가 여전히 부담스러웠다.

"아직…… 무슨 일 있으면 연락할게."

그날도 평소처럼 수문군 교대의식을 마치고 서경의 집에 들렀다. 거실에 들어서자 뭔가 변해 있었다. 거실이 깨끗했다. 설거지도 말끔히 치워져 있었다. 서경의 몸이 회복된 모양이었다. 얼른 그녀의 방으로 들어갔다. 여전히 누워 있었다.

다음 날은 점심시간에 들렀다. 거실에 온기가 느껴졌다. 이제 조금씩 움직이는 것이 확실했다. 어제와 마찬가지로 설거지도 깨끗하게 치워져 있었다. 하지만 서경은 여전히 잠을 자고 있었다. 당분간 약 기운에 잠이 많을 거라는 의사의 말이 떠올랐다.

퇴근 시간에 들렀을 때에 그녀는 거실에 앉아 있었다. 얼굴이 수척했다.

"정옥이한테서 전화가 왔었어."

말없이 그녀의 얼굴을 보았다. 여전히 입술이 퍼렜다.

"남편과 시어머니를 이해하기까지 너무 많은 시간이 걸렸어. 그들 입장에서 수없이 생각하고 또 했어. 오랜 시간이 지난 뒤에야 비로소 그들을 이해할 수 있었어. 그런 나를 나도 어쩔 수 없었어."

몸속 깊은 곳에서 창자가 뒤집히는 듯 요동을 쳤다. 주위 곳곳에 견고한 비늘로 무장하고 똬리를 튼 채 혀를 차는 얼굴들이 머릿속을 휙휙, 지나갔다.

"뭐가 미안한데, 그 사람들한테 죽을죄를 진 건 아니잖아?"

나도 모르게 목소리가 커졌다. 서경은 아무 말이 없었다.

"도대체 이게 뭐야? 네가 한 일이 이렇게 혼자 감당해야 할 만큼 잘못된 일이었어?"

서경은 조용히 나를 올려다보았다. 천천히 일어나 내 손을 잡았다.

"요 며칠 하영 엄마가 다녀갔어."

겨울이 오다

아침 식사 시간이었다.

"어떻게 알았어?"

어젯밤에 물어보려는 것을 꾹 참았다. 아내는 조용히 내 얼굴을 바라보았다.

"당신이 너무 이상해서 무슨 일인가 뒤따라갔더니 병원이더라. 간호사한테 물어봤어. 이것저것."

마음은 환해졌지만 머릿속에서는 온갖 생각이 들끓었다. 며칠 사이에 일어난 일들이 도무지 현실 같지 않았다. 지금보다는 더 바닥으로 내려가지 않기를 바랄 뿐이었다.

아침에 집을 나설 때부터 바람이 세찼다. 오전에 교대의식을 치르러 대한문으로 행진하는 중에도 바람은 시위꾼처럼 몰려다녔다. 바람은 제일 먼저 덕수궁의 은행나무를 후려쳤다. 노란 잎들이 우르르 쏟아졌다. 나무에는 앙상한 가지들만 바람에 떨고 있었다. 스산한 풍경 속에서도 취타대의 샛노란 의복이 더 노랗게 눈에 띄었다.

수문군들은 벌벌 떨면서 교대의식을 치르고 있었다. 바람은 여전히 세찼다. 대한문 앞 광장에서 행사를 진행할 때였다. 정위 자세를 취한 수문군의 월도와 벙거지가 자꾸 흔들렸다. 한 떼의 바람이 규정에게 달려들었다. 그의 벙거지가 바람에 날렸다. 장 팀장이 벙거지를 주워 규정의 머리에 씌웠다. 끈을 매며 목을 힘껏 조였다. 규정이 캑캑거리자 수문군들이 키득키득 웃었다.

이제 궁궐 정문에서 진형을 갖추고 있을 때였다. 앞에는 대한문 광장이 펼쳐있고 그 너머로 멀리 시청 광장이 보였다. 곧 진눈깨비가 쏟아질 것처럼 날씨가 어두웠다. 수문군들은 추워서 몸을 잔뜩 웅크린 채 서 있었다. 여전히 회오리바람은 떼로 몰려다녔다. 도로 건너편의 쉼터에 네댓 그루 나무가 서 있었다. 거기서 조금 떨어진 곳에 어린 은행나무가 홀로 서 있었다. 회오리바람이 그 은행나무로 몰려가더니 사정없이 흔들었다. 메뚜기 떼가 나무에 달라붙은 모양이었다. 잠시 후 바람은 다른 곳으로 몰려가 버렸다. 바람이 훑고 간 은행나무는 뼈만 남은 짐승처럼 앙상했다. 몸이 저절로 부르르 떨렸다.

전율을 느끼면서도 혼자만의 상상에 빠져들었다. 나무는 아직 잎들이 드문드문 남아 있었다. 은행나무는 지금, 이 순간을 내년

봄에 새로 나는 가지와 잎들에 얘기할 것이다. 세월이 흐르면서 그 얘기는 나무의 후손들에게 이야깃거리로 남을지 모른다.

모두 월도를 세운 채 움직이지 않고 있었다.

죽고 나면 사람들에게 어떤 기억의 잔재로 남아 있을까. 그럴 만한 존재일까 생각해 보지만 조금 회의적이다. 나무나 인간이나 한순간에 깡그리 사라지지는 않는다. 인간도 여러 사람의 기억 속에 잔상으로 남아 있다가 서서히 없어진다. 그 시간이 얼마나 오래 걸릴지 모르지만 죽고 나서도 뭔가 의미 있는 것으로 남을 터이다. 결국, 영혼을 믿고 신을 믿는 자신을 발견하게 된다. 하지만 요즘은 뭔가 잘못 살았다는 생각이 자꾸 든다. 그 까닭이나 자신이든 타인에 의한 것이든 결국은 나에게 영향을 미친다면 그것은 받아들일 수밖에 없는 것이라는 삶의 복잡한 순환을 생각한다.

"정위!"

교대의식이 다시 진행되자 온몸이 으스스 떨리기 시작했다.

수문군들은 겨울이 다가올수록 내년에 어느 업체가 선정될지 촉각을 곤두세웠다. 수문군에게 업체가 바뀌는 이 시기가 가장 불안했다. 그들은 변화를 싫어했다. 규정은 날마다 그 소식에 귀를 세우고 다녔다. 그는 지금 업체보다 다른 업체가 선정되기를 원했다. 마 부장이 재임하면 다음 해에 재계약은 불가능했다.

십이월 초순이 지나면서 서울시는 내년에 '궁궐수문군 교대의식'을 맡을 업체 선정에 들어갔다. 수문군들은 철저히 배제되었다. 마 부장도 마찬가지였다. 오직 서울시와 업체 간의 일이었다.

"어느 업체가 유리한가요?"

이런 일이 처음이라 마 부장에게 넌지시 물었다.

"아직 모르죠. 아무래도 다른 업체가 될 것 같네요. 한 업체가 이년 정도 하면 대개 다른 업체로 바뀌거든요."

마 부장을 물끄러미 바라보았다. 겨울이라 그런지 상당히 늙어 보였다.

"여러분도 그렇겠지만 나도 걱정이 많아요. 어쩌면 내년에 백수가 될 수도 있는데……."

마 부장은 '궁궐수문군 교대의식'의 초창기 창립 멤버다. 이십여 년 전 처음 교대의식이 생길 때부터 수문장을 겸임하면서 틀을 짜는 데 큰 역할을 했다. 덕수궁 수문군에서 가장 오래 있었고 기물이나 여타 장비에 대해 가장 다양한 지식과 정보를 알고 있었다. 그런 마 부장도 해마다 업체가 바뀌면 자리가 위태로웠다. 그런 부분에서는 수문군과 별반 차이가 없었다.

수문군들은 하루하루 업체선정에 촉각을 세우면서도 매번 똑같은 일을 반복했다. 조회가 끝나면 세팅을 하고 예행연습을 하며 발을 찼다. 그리고 오전 행사가 끝나면 식당으로 우르르 몰려갔다. 오후 행사를 두 번 치르고 지친 몸으로 하루를 마쳤다.

십이월 십 일에 업체가 선정되었다. 현재 업체가 아닌 H 업체가 맡게 되었다. H 업체는 수문군들에게 생소했다. 제일 먼저 안도의 한숨을 쉰 사람은 규정이었다.

"흐흐흐! 형님, 고생이 많습니다. 매일 열심히 일하는 형님이 존경스럽습니다."

규정은 활짝 웃었다. 조회를 마친 뒤에 손수레를 끌고 대한문으로 가는 중이었다. 나도 수문군 생활이 일 년이 다 되어가니 힘이 많이 달렸다.

"형님, 세상은 형님처럼 힘들게 살 필요가 없습니다. 그렇다고 누가 알아주지도 않습니다. 나처럼 대충대충, 설렁설렁, 어영부영 이렇게 해야 오래 살아남습니다. 그렇지 않습니까? 그럼 파이팅! 하십쇼."

그는 낄낄거리며 앞서갔다. 짜증이 확 솟았다. 나는 손수레를 그 자리에 세웠다.

"너, 이 새끼, 이리 와 봐. 주둥이를 확……."

"아이, 왜 그러세요. 흐흐흐!"

규정은 재빨리 도망갔다. 몇 걸음 가지 않아 갑자기 발걸음을 딱 멈췄다. 손으로 입을 막고 고개를 내 쪽으로 돌렸다. 흰자위를 위로 올린 채 눈을 끔벅거렸다. 바로 앞에 마 부장이 어깨를 축 늘어뜨린 채 걸어가고 있었다.

H 사는 기존의 한 업체에서 부장으로 있던 사람이 따로 나와서 설립한 회사다. 신생 업체인지라 전문 인력이 없었다. 인수인

계하면서 하나하나 마 부장의 도움을 받았다. 하루하루 지날수록
마 부장의 얼굴은 밝아지고 규정의 얼굴은 다시 어두워졌다. 규
정은 흡연실을 들락날락했다. 모과나무를 멍하니 쳐다보며 담배
를 피우는 일이 잦았다.

무심코 규정의 시선을 따라 올려다보았다. 모과나무에는 노란
열매가 많이 남아있었다. 웬일인지 올해는 늦게까지 관리인들이
모과를 따지 않고 그대로 두었다. 추위가 깊을수록 모과 잎은 보
이지 않고 노란 모과만 주렁주렁 남아 있었다. 일없이 모과를 세
어 보았다. 자그마치 마흔 개 가까이 되었다. 작년에 따지 않은
모과도 드문드문 썩은 기억처럼 달려 있었다. 왠지 수문군을 떠
났지만 기억 속에 남아 있는 몇몇 얼굴들처럼 느껴졌다.

H 업체는 그럭저럭 인수인계를 마쳐갔다. 하루는 퇴근 시간에
H 업체 대표이사가 인사를 하러 찾아왔다. 마 부장이 수문군들
에게 인사를 시켰다.

"새로 맡게 된 H사의 이형록입니다. 다른 것은 천천히 얘기하
기로 하고 한 가지만 말씀드리겠습니다. 우리 회사는 수문군 여
러분을 내년에도 똑같이 일할 수 있도록 하겠습니다. 동요하지
말고 지금처럼 그대로 일해주시면 됩니다. 다만 우리 회사 이름
은 H입니다. 이것만은 꼭 기억해 주시기 바랍니다."

다른 수문군들의 표정을 둘러보았다. 모두 떨떠름한 표정이었
다. 옆에 있는 문환에게 물었다.

"왜 반응들이 그래? 어제까지도 재계약에 안달하더니⋯⋯."

문환이는 덤덤한 표정으로 조용히 말했다.

"원래 특별한 일 없으면 수문군들은 거의 자르지 않아요. 사람이 부족한데 자르겠어요. 우리가 관심 있는 것은 내년에 월급이 어떤지 그리고 얼마나 편안할 것인지 그것이 궁금한 거죠. 업체 잘못 만나면 엄청 힘들어요. 이런저런 행사에 끌려다니기도 하고, 없던 프로그램을 만들어서 수문군들을 괴롭히기도 하거든요. 여기 일하는 사람들은 그저 아무 일 없다는 듯이 편안하게 다시 다닐 수 있기만을 바라죠."

참 별일이라 생각했다. 규정은 여전히 불안한 얼굴로 마 부장의 눈치를 살피고 다녔다. 마 부장은 인수인계가 진행되는 동안 밤마다 새 대표이사와 술자리를 하는 듯했다. 조회 시간마다 피곤한 얼굴로 나타났다. 규정도 날마다 술을 마셨다. H 업체가 기존 수문군들과 전부 재계약한다고 하지만 그 말을 믿을 수 없었다. 누구보다도 자신이 더 잘 알았다. 그의 얼굴은 갈수록 침울해졌다.

그날도 규정과 함께 세팅해 놓은 설치물을 철수하고 대기실로 돌아오는 길이었다. 흡연실 앞 모과나무 아래를 지날 때였다. 갑자기 규정이 앞으로 달려갔다.

"형님! 이것 좀 보십시오. 모과가 떨어졌어요. 왕 모과예요!"

길바닥에 네 개의 노란 모과가 뒹굴고 있었다. 그중 하나는 다른 것보다 두 배 이상은 커 보였다. 약간 푸른빛이 돌았다. 며칠 전에 셀 때도 보이지 않던 모과였다. 규정은 모과를 두 손으로 감쌌다. 가까이 보니 오래 산 영물처럼 서기가 느껴졌다. 안타깝게도 모과는 쩍, 금이 간 상태였다. 금이 간 틈새로 시큼하면서도 향기로운 과육 냄새가 풍겨 나왔다.

"형님! 어마어마하게 크네요. 이게 무슨 일일까요? 혹?"

"혹?"

"아, 아닙니다."

"아니긴 뭐가 아니야? 말해 봐!"

"혹시? 마 부장이 흐, 흐, 흐!"

규정은 언제 침울했느냐는 듯 눈자위를 굴리며 웃었다. 그는 모과를 전부 대기실로 가져갔다. 긴 탁자 위에 작은 모과들을 올려놓았다. 좁은 대기실에 모과 향기가 가득했다. 마지막으로 왕모과를 마 부장의 책상 위에 올려놓았다. 그는 돌아서서 씩, 웃으며 밖으로 나갔다. '궁궐수문군 교대의식'의 종무식이 열리기 하루 전날이었다.

당신은 누구십니까

하영은 며칠 전부터 거실에서 마주쳐도 도망치지 않았다. 반 갑다기보다는 또 무슨 꿍꿍이속이 있을까 긴장이 되었다. 아내도 마찬가지 생각이었다. 딸은 한 달에 한두 번씩 소란을 피우지만, 며칠 지나면 언제 그랬느냐는 듯 확, 태도를 바꿨다. 가끔 생뚱맞 게도 완전히 잊고 지내던 지난 일들을 꺼내 우리를 어리둥절하게 만들었다.

"엄마, 엄마! 시골 할머니 집에 갔었지. 고모도 왔었지. 고모가 내 옆구리를 잡으며 그랬지. 살 빼! 하하하."

자기 혼자 말하고 자기 혼자 웃었다. 우리 부부에게는 아주 오 래전 얘기라 기억에 남아 있지 않은 일이었다.

"웃지 마! 너는 아무리 자세히 뜯어봐도 나하고 닮은 구석이 하나도 없어!"

하영은 또 뭐가 좋은지 깔깔거렸다. 모처럼 아내도 웃으며 딸의 양볼을 꼬집었다.

"엄마! 아빠 수문군 교대식 언제가요?"

우리는 마주 보며 씩, 웃었다. 며칠 살갑게 군 까닭을 이제야 알았다. 하영은 이런 행사나 모임에 촉이 빨랐다. 자기 방에 들어박혀서도 우리가 얘기하는 것에 늘 귀를 세우고 있었다. 자기 마음에 끌리는 얘기가 나오면 이전과 행동을 완전히 바꿨다.

수문군은 한 해의 마지막 날 가족과 단체 사진 촬영을 해 왔다. 굳이 특별하다고까지 할 수 없지만 매년 해오는 일이었다. 하영은 그 소식을 들은 뒤부터 날마다 아내를 조르기 시작했다. 아내는 하영의 말을 완전히 무시했다. 수문군 행사에 갈 수도 없는 처지지만 혹시 가더라도 하영이 난리를 칠까 그것이 두려웠다.

"엄마, 덕수궁 언제 가? 엄마, 덕수궁 수문군 언제 가?"

하영은 거실에서 계속 아내를 따라다녔다.

"네가 그렇게 괴롭히는데 어디를 가. 절대 안 가."

그래도 하영은 계속해서 졸랐다. 아내도 절대 대답하지 않았다. 한 번 간다고 말하면 더 힘들게 했다. 몇 시에 가냐, 누구와 같이 가냐, 무엇을 타고 가냐 하며 끊임없이 물어댔다. 혹 간다고 했다가 못 가는 일이 생기면 또 한 번 삶의 바닥에서 뒹굴 각오를 해야만 했다. 하영은 계속 언제 가느냐고 반복하며 아내를 괴롭혔다.

한 해의 마지막 날이 되었다. 대한문 앞 광장에서 평상시처럼 '궁궐수문군 교대의식'이 시작되었다. 그날따라 큰 북을 치는 엄고수가 관람객들의 시선을 끌었다. 엄고가 세 번 울렸다. 일 년의 마지막 교대의식이었다. 엄고수는 듬직한 풍채에 어울리게 북소리도 우렁찼다. 북을 친 뒤에 북채를 들고 우람한 몸을 숙여 인사를 했다. 주위에 있던 관람객들이 손뼉을 치며 환호성을 질렀다.

"잠시 후 포토타임이 거행되겠습니다. 가족과 관람객들은 수문군들과 함께 사진을 찍으셔도 좋습니다."

사회자의 안내 말이 행사장에 울려 퍼졌다. 안전요원들이 차단선을 풀자 관람객들이 행사장 안으로 밀려왔다. 수문군은 각자 정해진 위치에 조각상처럼 정렬을 했다. 오방은 광장 양 끝에 섰다. 규정은 오방의 맨 앞에 수문장 깃발을 들고 서 있었다. 추위 때문인지 얼굴이 퍼랬다.

내 배역은 주서였다. 사약은 한 달 만에 숭례문 유배지에서 돌아온 황병욱이 맡았다. 그는 잔뜩 찌푸린 채 아무 말도 하지 않았다. 주서와 사약은 대한문 오른편 광장에 자리를 잡았다. 주위에 수문군의 가족이 여기저기 눈에 띄었다. 여자 친구들이 찾아온 젊은 수문군들도 많았다. 앞쪽을 보고 있는데 엄고 바로 오른쪽 길가에 흰색 승용차가 다가와 멈췄다. 운전석에서 젊은 사내가 내리더니 차 뒷문을 열었다. 여자 한 사람이 내렸다. 서경이었다. 그녀는 천천히 내 쪽으로 걸어왔다.

"아빠다!"

갑자기 바로 앞 관람객들 사이에서 하영의 목소리가 들렸다. 아내와 딸이 손을 흔들고 있었다. 한두 번 인사한 적이 있는 하영 과科 친구와 부모들도 함께 있었다. 오늘 아침까지도 당연히 오지 않으리라 생각했다. 딸의 고집에 아내가 마지못해 허락한 모양이었다. 왼편에는 서경이 다가오고 있었다.

기념사진을 찍으려 하영의 친구와 부모들이 줄을 섰다. 그 뒤로 아내와 딸이 줄을 이었다. 서경은 사진을 찍으려는 관람객들의 맨 뒤에 섰다. 아이들은 사진을 찍자마자 곧바로 관람객들 사이로 우르르 뛰어갔다. 부모들이 그 뒤를 부지런히 따라갔다. 아내와 딸은 아직 사진 찍을 차례가 남아 있었다.

서경은 맨 뒤에서 스마트폰을 보며 조용히 순서를 기다렸다. 얼굴이 여전히 파리하고 수척했다. 하영의 친구들은 이리저리 몰려다니며 소리를 질렀다. 중국 단체관광객들보다 더 시끄러웠다. 안전요원들이 어찌할 줄 몰라 했다. 앞에 사진을 찍는 사람들이 점점 줄어들었다. 아내는 관람객들이 사진을 찍고 바뀌는 짧은 시간에 내 곁으로 다가왔다. 오늘 어머니들 모임에서 궁궐 구경을 하자는 의견이 나와 갑자기 오게 되었다고 소곤거렸다.

관람객들이 거의 줄어들었다. 하영과 아내가 사진을 찍을 차례였다. 아내는 그제야 맨 뒤에 서경이 서 있는 것을 보았다. 서경도 아내와 눈이 마주쳤다. 아내는 가볍게 목례를 했다. 서경도 고개를 숙였다. 아내는 서경에게 스마트폰을 건네며 사진을 부탁했다. 하영은 김치, 하며 손가락으로 브이 자를 지었다. 서경은 스마트폰으로 나와 아내와 하영을 한 화면에 담았다. 그녀는 가로로 한 장, 세로로 한 장씩 셔터를 눌렀다. 하영은 사진을 찍자마자 바로 친구들한테 달려갔다.

이제 서경이 사진을 찍을 차례였다. 서경은 자기 스마트폰을 아내에게 건네주며 사진을 부탁했다. 아내는 스마트폰을 받고 나와 서경을 한 화면 속으로 끌어당겼다.

"당분간 순천에 있을 생각이야. 아들이 올라왔어."

서경은 흰 자동차 쪽을 바라보았다. 그녀의 아들이 가볍게 고개를 숙였다.

"육 개월 후에 다시 검사받으러 올 테니 그때 만나."

아내는 서경의 스마트폰을 통해 나와 그녀를 응시했다. 언제 왔는지 바로 옆에 하영이 서 있었다. 나와 서경을 바라보았다.

"아빠! 누구예요?"

딸은 아주 어릴 때처럼 호기심 가득한 눈으로 물었다.

서경은 하영을 가만히 보더니 고개를 돌려 아내를 바라보았다. 그녀와 아내의 눈이 마주쳤다. 서경은 나를 보고, 하영을 보고, 아내를 바라보았다. 그리고 아내에게 다가갔다. 아내가 스마트폰을 건넸다. 서경과 아내는 가볍게 고개를 숙였다.

그때 사회자의 안내 말이 흘러나왔다.

"교대가 끝난 수문군은 이제 궁 안으로 돌아가고, 교대군이 다시 궁성문을 수위하겠습니다."

하영은 궁금증이 생기면 참지를 못했다.

"엄마! 누구예요?"

동시에 참하가 큰소리로 구령을 외쳤다.

"정위!"

나는 참하를 가리키며 딸에게 쉿! 조용히 하라고 했다.

두 목소리가 섞이며 순식간에 공중으로 흩어졌다. 저만치 가던 서경은 아내에게 다시 고개를 숙이고 관람객들 사이로 걸어 갔다.

수문군들이 월도와 주장봉을 들고 정렬을 시작했다. 안전요원이 관람객에게 밖으로 나가라며 황적색 안전봉을 흔들었다. 갑작스러운 소란에 하영은 자기 손으로 귀를 막으며 소리를 질렀다.

"아아아! 아빠! 누구예요?"

아내가 급히 딸을 차단선 밖으로 끌고 갔다. 하영의 친구들이 신기하다는 듯이 몰려들어 멀뚱멀뚱 하영을 쳐다봤다. 함께 온 어머니들이 소리를 지르는 하영을 둘러싸며 행사장 밖으로 데려 갔다.

"아무도 아니야."

뒤늦게 소리쳤지만 하영은 듣지 못했다. 서경은 이미 업고 뒤로 사라진 뒤였다.

취타대가 연주를 시작했다. 북소리가 커지고 나각과 나팔이 울렸다. 흰 자동차가 서서히 움직였다. 그녀의 아들이 앞문을 내리며 가볍게 고개를 숙였다.

행사가 끝나자 바로 아내에게 전화를 했다.

"하영이는 괜찮아?"

아내는 지금은 창덕궁이고 하영은 괜찮아졌다고 했다. 가슴 깊은 곳에서 휴, 한숨이 흘러나왔다.

오후에 열리는 마지막 수문군 교대의식이 진행될 때는 행사장이 썰렁했다. 기온이 내려가면서 궁궐 안쪽에서 차가운 바람이 불어왔다. 점점 하늘은 칙칙하게 변하고 싸락눈이 조금씩 날리기 시작했다. 눈은 점점 짙어졌다. 광장 안은 눈이 내리자마자 바로 녹았다. 자작나무로 커튼을 친 듯 광장 바깥세상은 하얀 눈이 쌓이고 있었다.

"수문군 여러분 사랑합니다!"

갑자기 누군가 크게 소리를 질렀다. 다들 아무 말 없이 가만히 서 있었다. 평상시에도 대한문 앞 광장에는 소리치며 지나다니는 사람들이 많았다. 당연히 그런 사람 중의 하나라 생각했다.

"수문군 여러분은 세상에서 가장 멋집니다!"

수문군들이 소리 나는 쪽으로 눈을 돌렸다.

"여러분 사랑합니다!"

규정의 목소리였다. 수문군들이 키득키득 웃었다.

"수문군 여러분, 사랑합니다!"

몇몇 되지 않는 관람객들도 무슨 일인가 하며 규정이 서 있는 쪽을 바라보았다.

"수문군 여러분, 정말 사랑합니다."

마 부장은 유종의 미를 거두려 이리저리 뛰어다니고 있었다. 규정이 외치는 소리를 들었다. 그에게 다가갔다.

"또, 뭔 일이야? 끝까지 내 속을 썩일 거야?"

"부장님, 그동안 고생 많았습니다. 사랑합니다!"

마 부장은 어이없다는 표정이었다. 그리고 규정을 뚫어지게 바라보았다.

"사랑합니다!"

규정은 마지막처럼 마 부장에게 말했다. 마 부장이 규정에게 가까이 다가갔다. 수장기를 잡고 있는 손을 감싸더니 그를 가볍게 안아 주었다.

마지막으로 모든 수문군이 대한문을 배경으로 단체 사진을 찍고 한 해의 교대의식을 마무리했다.

마 부장이 책상을 정리하고 있었다.

"무슨 일 있어요?"

"내년, 아니면 내 후년에라도 꼭 다시 돌아오겠습니다."

이미 떠도는 소문을 들었다. H 업체가 비용 절감 차원에서 마 부장을 받아들이지 않겠다고 했다. 마 부장은 책상을 정리한 뒤

혹 빠뜨린 것이 없나 주위를 둘러보았다. 책상 한쪽에 노란 왕 모과 한 개가 덩그렇게 놓여 있었다. 마 부장은 깨진 모과를 들고 냄새를 맡아 보았다. 그리고 쓰레기통에 던져버렸다.

예필禮畢

다시 한 해가 시작되었다. 덕수궁 수문군은 연휴에도 새해 첫 날만 쉬고 평상시처럼 행사를 진행했다. 이 기간에 관광객들이 가장 많았다. 대기실로 출근하자 몇몇 수문군들이 보이지 않았 다. 마 부장은 운현궁으로 가고 장 팀장은 남산 무예 팀으로 갔 다는 얘기가 들렸다. 황병욱은 재계약에 실패했다. 몇 사람은 새 로운 업체가 싫다며 그만두었다. 조회 시간에 새로 임명된 부장 이 들어왔다. 뜻밖에도 제형석 팀장이었다. 새 팀장은 작년에 들 어온 새내기 이영준이었다. 영준은 H 업체 대표이사의 조카라는 소문이 돌았다.

첫 출근 날이지만 평상시처럼 대한문 앞에 세팅을 하고 리허 설을 치렀다. 대기실로 들어와 목화를 닦고 오전 교대의식을 준 비했다. 열한 시에 어김없이 대한문 앞에서 교대의식을 치렀다.

대한문 앞 광장은 중국 관광객들로 북적였다. 내 배역은 주서였고 규정은 첫 사약을 맡았다.

날이 갈수록 세팅하고 철수하는 일이 지겨워졌다. 모든 일을 규정에게 미룬 채 느릿느릿 움직였다.

"형님! 벌써 이러시면 어쩌자는 겁니까. 작년 황병욱 사태를 잊었던 말인가요?"

"규정아, 진짜 힘들다. 그 양반들이 왜 그렇게 굼떴는지 이제야 알겠다. 흐흐!"

제형석 부장의 신임을 받고 열심히 일하는 규정을 보니 절로 웃음이 나왔다.

"아니 노인네가 잘리지 않으려면 더 열심히 해야죠? 맨날 저한테 그렇게 강조했던 사람이 형님 아닙니까. 그래서 인생은 끝까지 살아봐야 안다는 말이 있습니다. 그렇게 생각하지 않으십니까?"

"몰라!"

규정을 냅다 걷어찼다. 그가 잽싸게 피했다.

서경의 소식이 날아온 것은 새해가 된 지 이 주일쯤 지난 후였다. 교대의식을 치르고 대기실에 와 보니 카톡이 떠 있었다. 승현이었다.

"알고 있지? 서경이 소식……."

심장이 쿵 내려앉았다. 아무런 대답을 할 수가 없었다.

"언제 갈 거야?"

여전히 아무 말도 할 수 없었다. 승현은 장례식장에서 보자고
했다. 조심스럽게 동창 단체 카톡을 열어보았다. 읽지 않은 글들
이 여러 개가 쌓여 있었다. 장지는 지웅이 누워 있는 망월 묘역과
아주 가까운 곳이었다. 갑자기 증세가 심해져서 아들이 광주 병
원으로 옮겼는데 이미 늦은 상태였다고 했다. 암이 갑자기 그렇
게 빨리 번질 수 있을까 의아했다.

점심시간에 덕수궁 정원을 산책했다. 처음 서경과 만나 걷던
길이었다. 마로니에 나무를 거쳐 은행나무 길을 걷다가 말채나무
아래에 섰다. 겨울 하늘을 바라보았다. 흐릿했다. 나무 아래에
걸터앉았다. 지난 한 해가 꿈속처럼 아득했다. 다시 일어나 나무
의 우듬지를 올려다보았다. 지난여름에는 보이지 않던 직박구리
둥지가 눈에 띄었다. 빈 둥지가 놓여 있는 가지 사이로 진눈깨비
가 내리려는지 겨울 하늘이 시커멓게 변하고 있었다.

포토타임

초판 1쇄 인쇄일 • 2020년 10월 20일
초판 1쇄 발행일 • 2020년 10월 26일

지은이 • 이중섭
펴낸이 • 임성규
펴낸곳 • 문이당

등록 • 1988. 11. 5. 제 1−832호
주소 • 서울시 성북구 동소문로 65−2 삼송빌딩 5층
전화 • 928−8741∼3(영) 927−4990∼2(편)
팩스 • 925−5406

ⓒ 이중섭, 2020

전자우편 munidang88@naver.com

ISBN 978−89−7456−532−9 03810

값은 뒤표지에 표시되어 있습니다.

잘못된 책은 바꾸어 드립니다.
저자와의 협의로 인지는 생략합니다.
이 책의 판권은 지은이와 문이당에 있습니다.
양측의 서면 동의 없는 무단 전재 및 복제를 금합니다.